云水归人

YUNSHUIGUIREN

西子谦 著

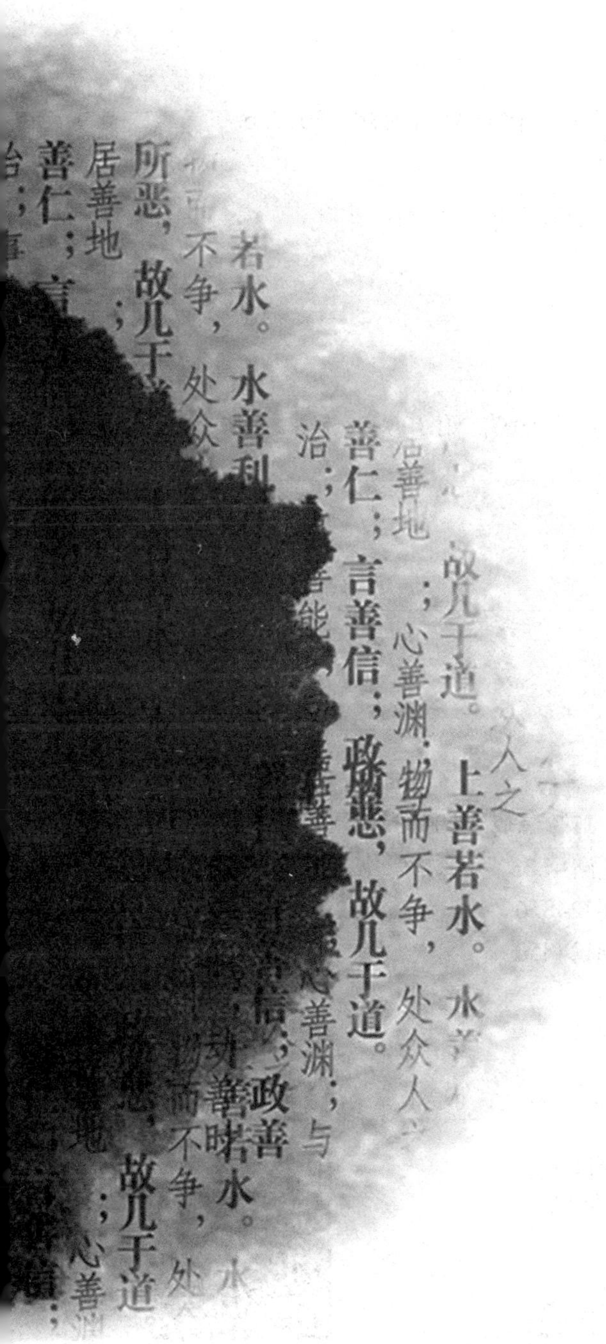

中国社会出版社
国家一级出版社●全国百佳图书出版单位

图书在版编目（CIP）数据

云水归人／西子谦著．—北京：中国社会出版社，2019.6
ISBN 978－7－5087－6191－6

Ⅰ.①云…　Ⅱ.①西…　Ⅲ.①散文集—中国—当代
Ⅳ.①I267

中国版本图书馆 CIP 数据核字（2019）第 130973 号

书　　名： 云水归人
著　　者： 西子谦

出 版 人： 浦善新
终 审 人： 王　前
责任编辑： 张　迟

出版发行： 中国社会出版社　**邮政编码：** 100032
通联方式： 北京市西城区二龙路甲 33 号
电　　话： 编辑室：（010）58124856
　　　　　　销售部：（010）58124850
网　　址： www.shcbs.com.cn
　　　　　　shcbs.mca.gov.cn
经　　销： 各地新华书店

中国社会出版社天猫旗舰店

印刷装订： 北京楠萍印刷有限公司
开　　本： 165mm×230mm　1/16
印　　张： 18.25
字　　数： 260 千字
版　　次： 2019 年 11 月第 1 版
印　　次： 2019 年 11 月第 1 次印刷
定　　价： 55.00 元

中国社会出版社微信公众号

序
以瑰丽之心，淡看俗世

与西子谦相识已有几年。虽然平常很少联系却常与之神交为欢。其间，他时常发一些文字在期刊和自媒体上，且配有人声朗诵。透过字里行间，还有文章的段落样式，以及朗诵者的口吻，让人感觉他是一个时时处处追求完美的人。

前段时间，网络上有一位外国老者，为纪念远在天堂的老伴儿，种植千亩玫瑰，且将玫瑰种植群聚成一颗心的样式，他希望天堂的老伴儿能看到。我觉得，这样的举动，如此浪漫，总能在西子谦的文字里邂逅到。

在西子谦的文章里，他是一位纵横在段落字句之间从容地直抵人心的作家，我说的作家通常认为应该是拥有一颗慈悲为怀怜悯众生的心，也是不愿把才华遮掩在纸墨之间且敢直抒现实生活中的善或恶于胸臆的豪气之人。毕竟，语不惊人死不休嘛，张爱玲也说，成名要趁早。干吗要遮掩呢？于是乎，我们常常能看到西子谦先生为我们织就的文字锦缎，呈现在我们面前，缠绕枝莲、喜鹊登梅、凤穿牡丹。可是，在现实生活里几乎见不到西子谦的“音迹”……

同时，我感叹着，在尘世万千喧嚣里能保持一份静气而笃定的从商与从文齐驱并驾实在太难得。西子谦的低调，在自然里敛藏才华学识于人后，平常不以高谈阔论来外露显炫于人前。正因如此，往往让人们对他有一种琢磨不透的神秘感。直至后来，我细细地品读了这本散发出神秘的书集，眼及之处的字句段落里真见到“诡谜”，正如，在西子谦这本书集里能叫人费尽周折也心甘情愿地流连在他笔下的“诡谜”系列之中。读完，我恍然大悟，那是在尘世里需要走过多少的颠沛流离，才能真正做到宠辱不惊地踏着云水缓缓归来的人啊！人间匆匆，无非就是归来与远去……

西子谦的文字，有一种繁华落尽后哲思涌动的美。拾花酿春，惜物爱人，自在潇洒。华丽的语言，似锦衣出行的少年，甚至还有一些纨绔，看似夸张的外表，其实有着一颗极其正经的心。读这样的文字，语言之外，总能攫取到一脉哲思的泉水，汩汩而出，让人时时处处遇见和悦。

子谦的很多文字，虽说是散文，其实说他它是散文诗也不为过。段落样式之美，且喜欢绵密繁复地成系列写下去，不厌其烦，不磨其志，笔耕不辍。所以，近些年，常见他有作品问世，且在散文圈斩获奖项颇多。二〇一八年，他获得了第八届冰心散文奖散文集奖，由此，足见他的写作功底之深。

如今，子谦又把这本随笔集发到了我的信箱，嘱咐我为他写一段文字，我自知，这是抬举我。做人作文，我都还要奔行数百里不敢停歇，只能粗浅写一些读子谦文章的直观感受，供大家一笑，其中更多的美妙，还需要捧起这本书的每一位去亲自领略。

寥寥数语，不得要领。不敢说“是为序”三字。

中国作家协会　李丹崖
戊戌年冬月于谯郡

目 录

Contents

第一辑 执心如火，烛照你容颜

第三辑　俯身细看，原来幸运从不曾离开

第四辑　仰望星空，总有一颗穿越层云凝望你

| 第一辑 |

执心如火，烛照你容颜

人的一生中，爱不难，恨亦不难，没感觉更不难，难的是有一人为你，或你为一人、一事，把自己的心当作火把来燃烧，以烛照这个光明的人世间。

人性的真相

人性之初，本为善真。生存在这世间，功利让人扭曲心灵。于是，区分的仅仅是两面，就是邪恶与善真。

岁月浪涛里，淘尽善真，最后只是残存。残存的一部分，秉着一种背离最初人性的善真苟且偷生。受尽唾弃的，就是引起公愤的口诛笔伐。

人的一生中，随着对社会环境以及种种外界因素的耳濡目染，内心的盛装恰似一棵树的成长，无非是两种，或笔直或曲弯。

笔直挺拔，参天入云的树木，向来生于自然，秉承天地之精华，日月之光辉，阳雨之沐照，于轮回的四季中生根盘地直指苍穹。笔直，才是她们的姿态，未破土而先有德；阳刚，才是她们的灵魂，一半清凉一半热烈，以扩张为根，伸向天空，站成伟岸，枝柯之间凝聚着浩然正气。

她们随遇而安，傲雪凌霜能以几十甚至几百个春秋周而复始地生存，生命到了最后，即便不能掀起澎湃的浪花，也一定是耐人寻味的怀想，怀想她们的凄美雅丽依然荡气回肠，绝对不会让人心生凄惨寒碜。

奇形怪异，曲弯百状的树木，常见生长于官邸府院内，四合院里圈围的一处。根，束缚了一地，扩张不了自由的盘发，似乎只能在狭隘的空间把灵魂与躯体纠缠在一起，缩放成一团，结果，生长成为一种弯曲的缩影，姿态便怪模怪样。

在大自然的环境中，树木、山川、湖泊各有各的生存姿态，有生命力的物体各有各的活法。唯一不变的定律就是，凡是活下去的一定是遵循大自然的规律。否则，那样的活法，一定是与自然格格不入，以至于成为怪异的一面。

人性的真相，扭曲的一面尽管不暴露，其邪恶也会侵蚀自己的良知。坏的一面造成的伤害，其实说到底就是自掘坟墓。活下去，内心一定是诚惶诚恐的苟活。太多欺诈、伤害、暴戾使梦难平，作恶多端大体相同的结局便是孤独终老无人怜悯，因为，人性必定会悲哀到失魂落魄。

每一个人都有她的个性与态度，每一首诗都有她的灵魂与精髓，每一首歌都有她的韵律与雅趣。但是，人的共性就是，潜意识里排斥着邪恶与丑陋，绝不接受坏人为恶时狰狞的张牙舞爪。接受不了，一方面是不情愿，只因不喜欢；另一方面就是有悖于常理，所以不受到对抗也会遭受谴责。

向着邪恶，不成魔鬼也会沦陷。置之死地的人性，就是太多毒素的缭绕，伤了人便沾染了罪恶，真正能救赎近于疯狂的濒临灵魂的唯一渠道只能是向善真。

人性的脆弱，就是不敢与恶极抗衡。更多时候不敢承认，所以自己欺瞒罪过。恶小便易忽略，把其掩盖，当已积成疾，欲放下屠刀，也成不了佛。最终，活在悲戚戚也冷飕飕的罪过中。心若难安，自然痛苦一生。说到底，这就是罪过的惩罚。

一个病态的社会，庶民难安，社稷难保。一个病态的民族，不是在疯狂中灭亡，就是在人性上的屠戮。最终，千疮百孔，疮痍满目。

上帝要灭绝一个人，恶贯满盈就是自然界对他弹劾的罪证。然后，让人痛恨的便是邪恶让人们太过于疾恶如仇。

我这里所说的就是，人的性情可以千百万种，生活态度可因人而异。但是，更好生活下去的底线就是必须遵循大自然需要的结合体条件。这个条件，不可争议的仅两个字——善真。

你必须知道令人心悦诚服的人性亮点和备受众人尊崇的，唯有善真最持久热烈。

我由衷地敬佩这样一种人：不悲于耕耘，不谋于权术，不屈于尊贵，不辱于气节，不拒于良谏。因为这样的人的整个人生真正让人折服的就是人性上的通透、圆润、浑厚、善存……

善真，人们对此唯一的赞许——顶礼膜拜。

冬藏，只为伏笔

四季之中，春播夏耕、秋收冬藏的轮回都蕴含着别样的意境。一年的光阴，即在匆匆的春去秋来中最后迎接冬的到来。这时，冬辞别秋，伴随着微笑踏着雪花慢慢走来……

如果说四季是生命的年轮，那么冬天就是一位睿智慈祥精神抖擞的鹤发童颜老人。听过春风，走过夏炎，穿过秋雨，所有的风风雨雨已一一参透，冬天变得不温不火，慢条斯理地接受自然的规律。

冬天的寒冰，伴随着呼啸的北风，漫天的飞雪似乎封锁行人的脚步，整座山城弥漫着一袭袭的肃清与宁静。让人恭敬，恭敬着她的睿智能收复一切的躁灼、喧嚣、纷扰……一直以为，冬天的气象在四季当中最为恶劣，后来，历经几十载的四季交替慢慢才明白，即使冬天再冰冻，也是春暖花开的伏笔。

冬，是推开春天的序幕，是为春天注入热情，是为春的山河开辟致新，是为万物的蓬勃奠定生机，是为宇宙间的芸芸众生增添气势如虹的引力。

小时候，恐慌冬降，冬寒刺骨，围炉取暖避寒。后来，不经意间从唐代诗人岑参那饱经风霜的诗句中读懂了“浩汗霜风刮天地，温泉火井无生意。泽国龙蛇冻不伸，南山瘦柏消残翠”。在严冬酷寒之中仅有苍松翠柏让人赞叹，冬天的严寒才是一种对众生筛选坚韧者的考验，耐得住寒冷才能待得暖阳普开。

古往今来，多少文人墨客用各种诗词饱蘸浓情蜜意，赞美春秋两季。人们喜欢柳绿花红，这是对美的追求；更喜欢丰盛硕果的秋实，这是对丰收的渴望。而我，却对那寒风凛冽、景色萧条的冬天情有独钟。

对于冬天，我有一种难以言传的喜爱之情。虽说景色枯枝残败，眺望遍地冷露，让人心生苍凉，可冬天却能在冻土中涵养着热力，蛰伏着惊鸣，蓄势待发，那一股寒气悄然无声中涵养着洁、静、圣、雅……

或许你会说，冬天没有春天的暖和、勃发，没有夏日的热烈、浪漫，没有秋的凉爽、丰实……冬，不是热烈的，但是清扬挥洒。她不为取悦谁，不为逢迎谁，在凛冽傲然中站成独特的风景，绝不逊色于热烈中的神姿美态，唯独她是一年开篇最美的独秀一枝。

冬季，最能让人肃然起敬的不是她在寂寥中的隐约坚忍，而是在寒冷中隐忍化成浑厚的强韧，虽然说处于冷清静寂之中，却有蓬勃的构图。

一来，舍得去艳美，为春天的盎然暗含灵秀；再者，在酷冷中独领风骚，只为藏守后蓄势待发。

若行走在冬季的寒冷，懂得蓄积来年的能量，离阳光明媚已不远，将近花开锦绣也不远……

历经沧桑，依然体面

壹

体面的生活，源自内心的丰盈与富有。

大千世界，每当与不堪的人或事周旋，依然落落大方，那是因为内心足够的强大而盛泽生活的体面。

总是先认识了人，认识了自己，才认识了这个世界。识人、识己、识世界，需要几经不堪的周旋才能火眼金睛一般地读懂万事万物。

体面的生活，把内外打理得干净利落，不沾俗世尘嚣，敛冷于眼，藏巧于拙，独来独往极具灵动。

这样的人活着，就是风光无限，威风凛凛。

贰

到底是岁月无情吞噬了人的梦想，还是人的梦想经不住沧桑的打击而破碎一地？

梦想大概就是美好向往，而对于现实的生活而言又多是遥不可及的梦。

“天将降大任于斯人也，必先苦其心志，劳其筋骨，饿其体肤，空乏其身”，历尽沧桑与困苦的人且越挫越勇，谓之君子自强。

不经一番寒刺骨，哪得梅花扑鼻香？

人生的梦想，是在锤炼中打造可以触及梦想的天梯。

叁

说一说专家这个词。

什么是专家？通常来说专家分有两类，一是有胆识的战略专家，二是有突破能力的业务专家。

有些人认为专家就是某个领域中代表权威而赋予名义上的称谓，凭着一张纸上的证书或名誉，就叫专家。

我认为专家的定义以这样来解释，更为通俗一些。

那是，通往至高学术上的一条崎岖的通道。

一群人，走着走着，一年又一年。很多人，都坚持不下去，纷纷掉头返回了，对这过程一知半解后也被称为专家。

而那个人，走着走着，回头一看，所有的人都走完了，仅剩他一个人在行走，这条路有多少个坑洼，多少根树木，多少扇窗口，他都一一熟悉了然。

这个人，才称得上名副其实的专家。真知灼见加以深度的思考，最后，他便是这个领域的专家。

这样的人，备受孤独困苦，从来没有回头，也不会因此放弃了对梦想的追求。

活得体面的人，向来很执着。执着地突破一个又一个难以让人破译得了的事物，在不断地否定，也在不断论证着寻求真知。

那是在历尽沧桑后的大彻大悟啊！

肆

有多少青春逝去，可以对外骄傲地宣称值得呢？

日月轮回，似水流年。人生付出最大的成本，就是时间。这样的成本不可再生，难能可贵。

当所有的付出，未得到意料之中的收获时，人或黯然神伤，因不成正比。

很多孜孜不倦的追求，实际上大多都事与愿违。

那是为什么呢？

心里所想，往往行走在岁月沧桑里，越来越降低了当初制定的标准，因为，理想太过于丰满，现实又太骨感。

一次又一次地降低生活品质的标准，事实上付出的生命成本并没有因此减少。然后，走着走着，形神也就固定了下来，随着一声叹息，一阵惆怅，人生也就如此了。

怨命怨人，怨生不逢时也怨怀才不遇。于是，破罐破摔，苟延残喘。

沧桑不够，磨难不足，怎能体面？

伍

一个人的精神长相，就是内心所盛放的容光。

活着，是否体面，取决于内心的反求诸己的分量，而不是外物的华丽衬托。

体面的生活，不需要绿叶。看似枯槁的枝干，若是你沿上而瞧，那儿定盛开着苍翠欲滴的花朵，惟妙惟肖。

枯槁的只是躯体，内心深处却是怒放绚丽。

体面的生活，他的世界无尽优雅，言行大方得体，不畏岁月的荒芜，不惧困苦的磨炼，不屑历尽沧桑，浪漫馨香从不凋零。

历尽沧桑，回眸便是诗意，含笑就是雅致，前行不论多远，依然保持体面。

有些给予，皆付诸东流

壹

给予，与赤裸裸的索取相悖。

索取，本就没有单纯，更多的是企图在先。在给予面前，任何的索取都会黯然失色。然而，本应大放光彩的给予往往被无情的心来淹没。当然了，不仅仅是无情，应该是人心的贪婪。

有些过度的大方，是一种病。

这种病深植在豪放的气度里，在久而久之的岁月里厚积，薄发成全了别人的理所当然。

一个理所当然的收受，怎么也不会考虑到别人给予的分量。而这样的分量，在他人面前未必足以来论重量，甚至在默不作声间轻贱了这一份诚意的心。

而这样的人，他不屑于收受，却又不会拒绝收受。事实上，他本身就不具备可以接受给予的分量，却又很心安理得地笑纳。

随后，搁置一处，灰尘满布。那是不足以珍视所让尘埃蒙蔽的心。

那是过度大方的同时，也过度地贬低了厚重的分量。

贰

薄情寡义的人，很少懂得礼尚往来。友谊之树若是四季常青，那是需要德行的相汲，阳雨的沐浴，诚挚的守护。

所说的礼尚往来，不是物资交易与相互收受，而是心与心都在一个相对淡泊的君子之交往来，看似淡如水却又浓于血。

静坐在彼岸上，看海涛涌动。有些索取，看似平静不露声色，内心又澎湃不息。恰巧，有些人因交际需要，碍于情面忍痛割爱的馈予。唯独恐怕，接受后一个转身埋葬了原来的珍贵。

泛滥于收受，也是一种病。这种病源自贪婪，滋生于无厌。

几番推让、几番客套后满脸堆笑"诚惶诚恐"收下了。

太过于轻易得到，反而无足轻重了。越是来之不易，越是弥足珍贵。

叁

习惯于收受的人，往往在收受无数的诚意后又将这些诚意忘掉，太多了就成了廉价。

馈赠的人那里，其实也无非只是为了表示心意。

这样的现象更多表现在有求于人时的行为。纵观历史的车轮，它滚滚而来的就已经是存在着的一种潜规则，无声之中在蔓延承续着这样的诚意。似乎是一种规矩，而这样的规矩是不是远古遗留下来的诟病呢？还是我们在为人交际中墨守成规呢？我认为这些都是人为的意识里潜移默化着不成规矩的规矩。

然后，变成了现代人求人办事，得参照着明码标价来"给予"。无力抗拒，只好遵循。

分量不足，万事皆难。稍力所不及，不尽诚意则殃及前途。

所有的给予，都是一颗心，给的不是物，而是礼。

既然是礼，就是厚重，就是顶礼，那是奇缺，因为是一颗心。

肆

给予或收受，若不是纯粹的心，往往需要付出更多的代价，即使侥幸获取，通常会得不偿失。首先，给予本就已经摒除了渴望得到的回馈。内心世界的无私奉献，本质上就是出于干净的心。

肮脏的交易，都是披着慈心的外衣昧着良心的给予，实际上都奔着更多得到而假意付出。一个人真心实意的布施，大多都有一颗悲悯的心，也绝不仅仅是怜悯的施舍，而是内心深处本来就盛装着慈悲。

论情谊，说接人，谈待物，不求得到亦不念给予，就是一颗心的盛情，不需要看重款待的程度来决定给予后的价值。

要么，不给予；要么，不收受；要么，不谈得失。如果都是淡泊的开始，那么就一定是纯粹干净的分享。

如果，仅仅是因为分享，那么给予或者是受予的两个人就可以与岁月隽永，在这相安静好的时光里尽情品味着友情的蜜意。

伍

有些人，伤害了很多人。

用尽手段得来所谓的成功后，又打着慈善的名义来捐助于贫穷之人，表面上慈悲为怀，却不知道一开始用多少的天地不容的方式不择手段来残害过百姓。实际上，却是一个假惺惺的人，披着羊皮的狼。

也难怪，因为作恶多端，恐慌于报应。因此，以频繁的慈善捐赠，铺天盖地大造声势，以各方赞美来树立自己大慈大悲的名声。

明眼人看来，其实就是一种罪恶感的作祟，以捐献的表面来赎回犯过的罪恶。用此方式，渴望可以洗涤内心的污垢，平复良知的谴责。

从某种意义上来说，是放下了屠刀，却难以洗去沾满了罪恶的痕迹。而这样的“给予”，就是一种自欺欺人的方式，来掩盖曾经的罪孽深重。

真正的高贵，就是割除去荒芜之地的杂草丛生，本着一颗纯净澄澈的心换来人间纯净的给予，相对安然的共享。

陆

情真意切，并不是都能换来庄重相待；披肝沥胆，也并非都能换来生死与共；所有的富贵同享，也不一定能患难同当。

说什么以心换心，以情换情，道理上谁都知晓，关键在于彼此间初心，能否经得起时间的考验而不改衷情？

当换不来同等的待遇，也深陷在不平等的给予之中掂量时，越是掂量越发孰不可忍。

最是庄重的给予，最具有厚重的馈赠，最固有深情的共永，就是一颗心。

这一颗心，足够的明朗坦荡于胸。于得于失，游刃有余；于予于取，问心无愧。

即便是给予，付诸东流，而他的心不因失衡有丝丝波动，拈花一笑，何必牵绊？

柒

前些天，与朗读家蝴蝶老师开展一个关于回馈读者的线上活动。

奖品皆是我制作的坭兴陶茶器系列的禅杯与蝴蝶老师的禅茶。名单的地址归类后，部分产品均为免费寄送，以感谢读者对我们长期以来的厚爱。

获奖名单公布后，有读者问：奖品应该是一套，不应该是单个的啊？

听闻，我为之一震。

我们寄的不是礼品，而是一颗饱含情真意切的心啊！

捌

一份诚意，一颗真心，不是以分量来计算才能衡量得出它的昂贵价值。

纯净的给予，从来没有数据的显示，更没有分量的计量。

君子之交恰似轻轻推窗和风入怀，一缕阳光匝地极具磊落，好不惬意……

痴狂，是见血封喉

壹

初写见血封喉这个词汇，听起来就毛骨悚然惊骇万分。

可不是？那是毒。

一个受了伤的人，恰遇见血封喉。不堪设想的将是世间无可救药的要了性命。

如果是心伤，更是见血封喉，是下了一道咒符，将是神魂颠倒，难以自救。

难以自救的境地，应该是明知也非要飞蛾扑火不可吧？

见血封喉，毒性的杀伤力太大，谈之色变。只是，能与之舍命的人，从不顾虑于艰险，也不担忧于前路崎岖曲折。

从不恐慌，留下那一道未痊愈的伤口与见血封喉相逢，明明就懂得这样的结果，就是赔上了一条命。

痴心绝对的人，不正是见血封喉吗？

贰

如今，说到见血封喉，谈的是一种魅力。

情，能见血封喉。一旦遇上，日思夜念。情能封喉，大概就是整个人的心魂都附到了另一个人身上吧。

到底是怎样的魅力，可以让人如此地痴狂到忘我无我的状态呢？应该是唯独与众不同的无穷魅力，恰好，也正是内心的需要；恰巧，那个人所持有的一种个性美。

这种美，是吸引力与诱惑力的结合体，散发出着了迷的韵味，往往能让人痴狂到魂不守舍。

一旦触及，见血封喉。

如情，爱到花开荼靡，也只因本质的美，不加修饰，不加雕琢，自然就为天荒地老痴狂。

欲罢不能，也不能罢。因此，不言罢，不言弃。

叁

那么，究竟是诱惑力导致的还是人的抗拒力不足呢？

我也不知道。

恐怕，那是情不知所起，一往而深吧。

那应该是有故事的人，足以耐人寻味。内涵深厚诱人品听。缓缓流淌的江水，向东漂去，漂到有故事的深处，越来越远，只有留恋，让人无法转身离去。

只有入了心魂的故事，才能让人卸下喧嚷与聒噪，往往一闭目就回味无穷。

喜一物，爱一人，皆是如此。一旦痴狂，就是到了极致，入了骨髓。

无畏于过往，唯求于当下。一颗挚爱的心，就是一辈子的最大给予。

情，能见血封喉，一发不可收拾。

肆

做到肝脑涂地，一生不弃的人，也是见血封喉后的诱人深欢。

什么都不必说。愿意，就是了。

因此痴狂，不仅仅是一时的冲动鲁莽，更像是喝了毒一般上了痴瘾。

它慢慢渗入骨魂，流入心底的一方田园，恍惚中还能听到心灵的声音在深吟浅唱，跌宕起伏，沉落飘逸一声声的柔情似水的欢快。

痴爱，从不发愁，从不动气。见血封喉，如索取了命，步步追魂，寸心不离。

见血封喉啊，太毒，让人世间，难有解药可寻。

伍

与岁月痴痴醉，深足在苍穹之下，与山水为伴，做一株极其平凡的小草，痴狂于岩石之中破土而出，淡观花开花谢，笑看风起云涌，身在低处心却放在高处。

那样的痴狂，是因为生命的召唤，不求出身于名门望族，自然的赋予是让生命见血封喉，不得不把生命延续下去。

疾风骤雨的千击万打还坚韧，只管用一生的绿色点装自己的生命。

不因平凡而卑微，同样富有感情的色彩，看尽夕阳西下的昏昏欲睡，看懂万紫千红的花开花落，看懂古道阳关的人来人往。唯有它，生命临来，与之深拥，不问身世，不慕富贵，不求长生。

热爱生命，是见血封喉啊。

这就是一种魅力，一种痴狂。

陆

一个痴狂的人，拥有炽热无比的心。

痴狂，是热爱，是独爱，是深情。把生命赋予，大多都是不用语言表述。尽管，就寥寥数语，都是脉脉含情，眸光里尽是大爱的流露。

与走火入魔不相关，与邪门歪道是相悖。

情爱能见血封喉，可以以命相抵，生活亦能见血封喉，哪怕形同草芥，一样以饱满无比热力的心，热烈地去搏击未知的梦想，带足了热血与激情上路。

何尝又不是见血封喉呢？

柒

有些人，一旦相见可以改变所有的习性，影响一生的路途。当所有的人，都往同一方向行走时，唯独他另辟蹊径去见一个像见血封喉一样的人，把情筑于心屋，牵手隽永。

有些人，生活看似不怎么理想，按部就班朝九晚五，因为生命所在便把意义淋漓到尽致，一个小小的感动足以泛起汹涌澎湃的浪花。看似平凡无奇，内心却掀起一阵阵平常人所看不懂的浪花恢宏壮丽十足。

痴狂于行走，不羁于热爱，不惧于搏击。点点滴滴都能让人获得美的极致。别人懂不懂不重要，重要的是你因热爱到痴狂常常触动心弦，每每一抬头一定眼，都能惊艳到让生活为你而叹为观止。

痴狂，是见血封喉。生活不让你败，就别败给了生活；你不许生命枯瘦，生命就永葆热力。

不愉相遇

壹

遇上一个人彼此成就，就是最美的相遇。它的持久，是君子与君子间的淡泊往来，是明人与明人之间的相生默契。只添悦，不添乱。

人心最深，是一口遍布青苔的老井，渊深源远不可测；人心也浅，眼及之处是花在呢喃，云在舒展。

深浅，都是因人而异，善恶，也因而有别。人呢，无非也就是好坏之分。

总之，人这一生，总得与小人相遇，与君子相惜。生命中既定的相遇都在所难免。说到底，形形色色的人不是你不想交集，是你的生命成长经历里所需要必然的交集。

于人来人往里形形色色，林林总总的面具上奇形怪状，这时，就是走进一所可以辨别好坏善恶的高等学府，这就是江湖。

学费，无比昂贵。你得耗尽心血去学习，更需要身体力行。尽管，会伤痛，会质疑，会惆怅，会彷徨，而从此，得来的便是弥足珍贵的从容应对。

最好的磨炼，就是损其心智，痛其体肤。之后，恍然大悟：原来，人生不过如此。

所有的相遇，也都是久别重逢。不愉相遇，也得相遇。

贰

小人的面具，唯有用慈眉善目来伪饰，面目狰狞的人不足以惧怕，真正的可怕之处是能蒙蔽得了人们双眼的心性狰狞。

然后，用极度假诚的表面来膜拜一切可以让其纵使玩虐的行为操纵着利己的所有真诚。

刀，之所以有刀鞘，不在于锋芒，在藏。看得见的锋芒，不足惧怕，只怕鞘里的刀锋从来没有见过。不拔刀，就已经是刺进了心窝。有形的伤，好过无形的痛。

真诚曾一度沦为被他的世界遗弃的边缘人。意思就是，绝对真诚相对的人彼此间的世界是不论四季流转都春暖花开。否则，就不可能用心对着背离图谋的心，能有友谊长久的共永。

真诚与假意的相见，真诚会被假意遗弃。原因是，当你的真诚用到无利可图之时就不存在暖心的价值，因此就决然抛弃。

这也就是小人的作为。通常来说，小人的作为只放在有利可图之时，最惯用的方式就是见风使舵，这就是小人最大的本领。

这样的本领，总被人唾骂。小人就是在极力掩饰里急忙赶在唾骂之前得逞。一旦得逞，极尽了张狂。

多么荒诞的愚弄，远远不如付诸一颗真心后不知不觉就成了千疮万孔。

极大的耻辱，不仅仅是人格上的折损，还有智商的不慎被沦陷，沦陷后的牵扯不清。

不愉相遇，总要相遇。

叁

那么，君子的本事，往往是用坦荡荡的心胸，容纳众生百态。所以，君子也时常会受到伤害。

君子所受到的伤害，往往就隐藏在浅笑里安然。尽管伤痛，也不与小人斗。

与小人的周旋，失了君子之风。不斗，不是真的斗不过。大概也就是不想无止休地殚精竭虑来折腾，这本身就是一种徒增的伤。

而小人，把这种无休止的折腾作为一门拿手的本领，更多的就是来体现出小人最高的能耐，为达到目的而不择手段。

周旋不休，本来就是一种伤。渐次，变成一种恨。

恨之入骨的人，大概也就是曾经伤过你最深的人。这样的伤，不是在人情世故之上，而是在你足够相信的人那里得到意想不到的暗伤。

生命来往的每一个过客，总会有悲喜苦乐的留驻，而这一些，都是久别重逢。

小人隘口，必经之路，所以，生命注定预留小人给的狭伤。

不愉相遇，必然的相遇。

肆

有一种仁慈，就是看穿小人的面具之后，便抽身拂袖决然离开。然后，留下的就是小人所不能理解的深度，还有让小人绞尽脑汁也不懂的这样的敛裾远走。

君子有深度。恰似静水流深源远流长，纵横天地间，偶有丝丝波动也泛不起心海间的平静。

君子有宽度。宛如辽阔苍穹，天高万丈任云舒卷，时有雷霆风雨交加也撼动不了他的天边。

小人，悲戚戚；君子，坦荡荡。

小人之德如草，而君子之德如风。

朗朗乾坤之下，其实君子斗不过小人，因此，就有小人得逞得势，得逞得势更是滋生了狂妄的作为。

君子不语，任一扁舟悠长，化成一缕青烟弥漫过往。君子不器，不斗已是赢。

多少的久别重逢，于百转千回里又相遇？人生苦短，强者通常是笑而不语，痛而不言。

不愉相遇，必定的相遇。

伍

痛而不言，笑而不语，短短两句，囊括了做人之最高境界。

江湖风云，不问恩仇。不问，不是不问，是不需要再去问。

君子，其心清风朗月，何必在意天方一处乌云狼藉。

君子的活法，径直就走在一条宽巷里心不迂回，阳光匝道，风烟俱净。偶尔会有狼子野心挡道，刀在手心为鞘，不用出刀，鞘里有功法护道。

君子与小人相遇，不必口舌之争，口沫之上无强者；不用一较高下，斗个你死我活方罢休，最好的罢就是休；无须生死对决，君子吐纳恒常怀藏日月，意无狂，心无躁，独揽乾坤照正身。其实不需要出招，就已定胜负。

虎不辞山，君不改道。守得住自己的阵地，就不会因任何形式上的相遇落荒而逃。

不愉相遇，是最愉相遇。

清醒一半，糊涂一半

壹

熙熙攘攘，人来人往间迎来喜忧，送往亦有忧喜。

糊涂的开始是，谁也不必强求谁，谁也不必牵扯谁；清醒的最后结果就是，该走的一干二净不留痕，该来的十里春风不如你。

有些时候看似很傻，傻乎乎里清醒留一半，看似清醒得很也偶尔让糊涂占了上风。

人间，有太多的迎来送往聚散离合，喜忧相掺不同滋味。每一种滋味，都是咀嚼过后的真知。

有多糊涂就有多清醒，有多清醒就该有多糊涂。谁来谁走，只适宜醉一半，醒一半。换个角度想，其实就是乐观与悲观的区别。

人间的迷人之处大概是往来的人，在期待与告别之间。期待因为你尚未得到你所想得的，告别因为你已经得到你所想得的。

所以人生该作何解？维特根斯坦走在前面说：不可说，不可说。每个人的迎来与送往，都不是偶然，那是必然。

贰

糊涂到极致是清醒，是大智之上所表现的若愚。迎来送往，不必太较真，留下一份傻，留人一线出路，留己一尺退路。

成功于世的人，往往大智若愚。他不屑于人前人后的眼光，不嗔不怨，不恨不躁，形成自己的风雅姿态。

人与人相往来，是心若对了就足够舒服。多少的大悲大喜于两个人心中都能融会贯通，悲来送往喜来迎接。尽管有悲，也不至于恐慌，也只因为所有际遇的迎来送往，总有人他在。两个人傻傻地对坐，一个眼神足以让对方的心悠漾着温暖。

你会发现，最好的知己往往会恰好地出现在你需要他的时刻，不谈悲喜不论得失，所有言语尽在一盏茶间，品尽精华与悟尽肺腑之言。

傻傻地对坐，进行了一番清醒的对话。

叁

多少的迎来送往陪着强颜的笑，那样的笑不自在之处在于某种特定的需要，不笑不行，不笑有损于礼节。人间，有很多扑朔迷离的事在悄悄地进行，蒙蔽了多少人间最真实的往来。

玩风太盛忙于迎来送往的陪衬，热衷于觥筹交错沉浸纸醉金迷间，不由自主地演出了一场场俱是诙谐又为难的悲剧。

足够的糊涂，不会羡慕灯红酒绿；足够的清醒更不会纵身其中。只有精明与糊涂之间的混沌，才把持不住方寸的泛滥堤溃。

苏东坡诗云：“人皆养子望聪明，我被聪明误一生。”所以，聪明人难做。什么是糊涂呢？糊涂就是不精明。糊涂有两种：一种是真糊涂，懵懵处世，与生俱来，装不来，求不到；一种是假糊涂，明明是非黑白了然于心，偏偏装作良莠不分，即由“聪明转入糊涂”了。

肆

人生最难是糊涂。

尘世间人来人往，每个人的境遇不同，不是在糊涂里就是在清醒之间存活。不可置疑就在于所有的疼痛就是太过清醒，在得失荣辱中纠结，被功名与利禄束缚。留下一些糊涂，人心怎能不辽阔？

寻常的生活，在糊涂与清醒间知足就是快乐。其实，生活是一场醉梦，梦过之后是大彻大悟地醒来。

疯子的世界

壹

疯子种类仅两种，正常行为与非正常行为的表现。我说的是前者的内心世界。

居高于正常人的智者，痴狂于正常人的坚持，钟情于正常人的执一事恋一物。疯子，追求的境界是一种自我的超越与接受合乎常理的否认。

疯子的行为或许有些怪异，这也是常人所不能理解的怪异，而有些疯子的行为习惯基于正常的人理性为前提，就是这一类的疯子。

疯子，乍一听来，有些不寒而栗。可是，谁不曾从疯子踌躇走来？这不是病态，也绝非病态，那是疯子的态度——痴狂的态度。

于世功成的人，往往在平常人所不能了解为何偏偏在细枝末节上的挑战极致。

“疯子”持有态度，足够认真细致。

贰

疯子的世界，是在追求不寻常的人生高度。而这样的高度，恰是平常人所认为的疯癫作为。

这就是常人不能理解的孤独，也不能诠释的深度。她所追求的，不是要向整个世界宣称，而是追求一种常人所不可触及的极美，是一种对结果敢于负责的倔强。

美，绝非滥造。这需要有根据和符合社会评审的标准。也是诸多人所认为惊艳的那瞬间的善美完结隐藏在背后的静定。

因此，疯子的世界不顾一切用身心来披付地追求这种美。她掀起的浪花一定是波澜壮阔，尽管失败也不会是黯然神伤，疯子输的最后是悲壮，赢的最后更多选择归隐。

只有疯子能在大起大落里像一叶扁舟的悠然自在，只有疯子能处在大悲大喜间淡然处之，也只有疯子能在风口浪尖上横刀立马。

尽管会遍体鳞伤，也不会苟且偷生放弃终极的追求。

疯子持有一种信念，磨平不了这样的精神。

叁

天才在左疯子在右。

说到那些凭着天赋灵感而能于瞬间完成非凡创造的天才，脑海里或许马上就会出现一长串的人名，如贺拉斯、但丁、弥尔顿、莎士比亚、歌德、海涅、雨果、爱因斯坦等。在他人看来天方夜谭，就一疯子呀。事实证明，有些所谓看似疯子的人足以创造奇迹，走上巅峰。

乃至于后来，众人心悦诚服，而心悦诚服的不仅仅体现在结果，而是一种透过结果的疯狂过程，这个过程是呕心沥血的砥砺。

她的孤独，因为潜心一志，走着不平常的路。不平常的路，也只有疯子敢潜行，路上所背负着讥笑、抨击、挖苦与不被理解，甚至忍辱负重也义无反顾地追求着不平常的结果。

平常人，怎么能企及得了呢？

难以企及。

不以成就而论，而是背后的艰辛与苦楚的痛而不言，是众人闻风丧胆时的所向披靡。岁月荒芜，仍植根破岩中，终究破土而出直抵苍穹之巅。

疯子，持有创造力，不忘突破于平凡。

肆

狄德罗说“没有一个伟大的心灵不带一粒疯狂的种子”，叔本华也说“天才和疯狂相互为邻”，乔治·桑则更言“天才和疯狂之间的距离还不到一根头发丝”。

疯子的背影，是极为孤寂；思想却不枯竭，隐藏着平常人所发掘不了的思想深度。但是，又存在不可预测的风险，或许会败，或许会因为疯狂而得不到最后的结果。疯子的极致是纯粹和简单，着重于追求过程的点点滴滴而并非刻意于结果的得失，却也不失对结果的完美追求与负责。

所以，天才都是清醒的疯子。

疯子的追求在于人生的坚持与忍受，左为天才右为疯子之间的平衡。

疯子，很简单。亦不过分要求。纯粹的心，盛装着简单的活法。在平常的人之间显露着与众不同的气象，这样的气象万千就是疯子的沉静所透露的不简单。

疯子，众人皆醒，唯之独醉。冷眼看人世间不惊慌于常人所面临的变故而大形于色。

疯子，有非凡的忍受能力，亦有另眼看尘世的超脱洒然。

伍

漫漫人生路，一个人的前行需要像疯子一样的态度与精神。

当所有的人难以理解你所做的一切对美的追求时，就做成一个像“疯子”一样的人，多少风言风语遁风去，多少流言蜚语随云散。

意无狂、思无邪、行无害、言无损。像疯子一样的纯粹一样的态度，于尘世间就是静好在岁月里细细品味时光的诗意。

人生的追求，专注于对生活的热爱，执着于对生命的善美，哪怕被众人视作“疯子”，又何妨？

其实，很多人有像“疯子”一样的活法。不是没有选择，而选择平庸与无为不需要去像疯子一样的态度，固安于日起日落间禁锢于思想的奔逸，安逸于享乐间庸碌于平凡的生活就不需要选择。

很多人，为什么会屈服于现状的平庸？因为，从来不敢像一个疯子一样接受常人所投射的诧异目光和种种言论。

人世间，多少人苟活在他人的唇齿与目光间诚惶诚恐？要想活成自己的样子，就需要像疯子一样的无所顾忌无所畏惧。

陆

自己是不是疯子，自己的样子不是靠旁人来描绘。任何人的评论也只不过难入得灵魂风骨的透彻。因此，疯子的内心毫无波动也只因自己的灵魂深处有一泓清泉，心灵的丰盈来自自知自给的滋养。

活在他人的眼光之下，生在他人的卑贱之中，把疯子的一番热血沸腾一一归揽到纡尊降贵间才是真正的疯子。这样的活法疯在精神崩溃，痴在低眉折腰。

做一个疯子一样的人，何难堪于尘世的风起云涌？

疯子的世界，只有一心所向，向之披靡；一生所求，求着善美；一如既往，往之不悔。

智者的人生，行止拿放间有尺度，疯子的世界，无畏与不屑有遁甲。

宁做一个疯子，不愿苟且在平庸里偷安。若干年后，谁都没有在人间留下什么，而疯子能留下足以惊心动魄的过程，那是从始到终都狂澜不惊地追寻着挑战着的极致的美。

如果，生命不是激荡的狂潮，那么，就做一泓静默的清泉。不做疯子，也不必效仿疯子的沸腾。

柒

千尺的瀑布，从天而奔泻，那是疯狂不止的追求，生命就因此奔腾不息。

“疯子”，于人间是常人所不能理解的另一种精神高度。不失高贵的灵魂，不弃沸腾的热血，不失丰盈的内心，亦不活在平庸的无为之下。其实更多时候疯子是含着疼痛在寒风凄雨中翩翩起舞，看似“疯子”却不是疯子。

“疯”在静默里奔逸着思想，“疯”在作为里勾勒着善美，才是最具有奇妙风雅的隽永。

你是谁

你是谁?

谁又是你?

生命属于自己，自己属于自然。你，就是自然的一分子，微如尘埃。能撩起的只是尘埃之光，只是过于仓促便又匆匆归于尘土。

生命的存在是有幸地来一场人间的旅行。一座驿站，一处亭台，一方自己的归处。生活匆匆而过，别错过你是风景的一部分，风景也有你的一部分。

风光旖旎无限美好。而生命，也因此而斑斓多姿。不是生命成就大自然，而是大自然成就了自己的风景，不是风景因你而秀丽，是你掺和了风景的秀丽!

你，羡慕大自然的尊大，大自然亦羡慕你的讲究。

你的讲究，因为大自然有规律。你的遵循，因为大自然的定律。

你，就是大自然定律里的一个参与法则的后来自然人。因你，而精彩；因你，而浩瀚；因你，而博大。

因此，你是宇宙间一个独特且馨香的生命个体，在高深辽阔的世界里、自然法则的规律里完全决定着生命的存在意义。

你是自己生命的君主。

秉持着遵循大自然的定律，形成大自然里一分子的绝对尊贵，形成你对自己生活负责的绝对权威。

你的品德与价值，源于你对大自然的忠恳与对生活的讲究。

你是谁?

谁又是你?

生命的到来，并非偶然；人生的际遇，并非突然。

大自然对于每个人绝对公平，出世有所不同，入世亦是不同。

人与人，没有可比性。一生的追求其实都是在完善自我。

生命，是一场遇见，而这一种遇见都是自己的所作所为。

你是谁? 归根结底，还是你自己给自己的定位。生活得好与不好，因自己而为；生命的贵贱，也因自己的造化。

你就是你自己生活质量的决定者。富贵与贫贱，平凡与卓越，就是自己的心能承载的重量程度来决定生命的厚度。

有多深邃的思想，就曾有过多艰苦的磨炼；有多透彻的洞见，就曾有过多开阔的见识；有多深刻的领悟，就曾有过多蚀骨的疼痛。

天行健，君子以自强不息；地势坤，君子以厚德载物。大地无言，盛得万物；大海无言，容得百川；高山无言，览得众景；人到无言，心智皆自辽远……

过好生活，需要驾驭自己的本性。你，就是自己生命的训醒师，觉醒自己就是对自己大彻大悟的崇礼。

万物，皆因你觉醒而悦动。你，气象万千来呼唤，自然就万千气象应和。

你是人间缔造美好的传承人，你是构造和谐不可或缺的一分子。

为生活，为生命，为人间。你，是与大自然合一的创造者，你，是人类社会言行协调统一的根源。

你是你一切的能量。

你的伟大与平凡，建立在自我的付出与实际的贡献。

你是谁？

谁又是你？

左右自己的一切，也只因心作祟，世界没有错，不公平也没有错，是人的心寻找不到平衡点因此而失衡，得到与失去之间不成平等的比例，其实啊，人生丰盈尽在得失之间来调和。

七情六欲，人皆有之。没有人真的不食人间烟火，也没有人绝对的无欲无求。你是决定对人生所求所取的策划者，扭曲膨胀到以非正常行为来不择手段获取一切的人，就是在破坏规律与撕碎初心的虐心者。

人生，要么折腾，要么偷安，要么沦陷。

前者，因不甘平庸，折腾着以创造生命的善美为一生所求；中者，苟活于世，听天由命，拘束心灵的放飞，栖息在岌岌可危的枝头上摇摇欲坠。后者，以所有的卑贱来屈服于生活的拷打，每抽一鞭折一次腰，以至于后来彻底成为自己的俘获。

你到底是谁？谁到底又是你？

谁是谁不重要。你是谁，更重要。

懂得生活的人往往懂得自己。要么拒绝，要么接受，要么爱，要么恨。懂得自己，才懂得知其然，而不至于不知其所以然。

你认为你是谁，你就是谁。谁是你，你认为你是谁？

山是山，水是水，云是云，天是天。山外有高人，云外有天，那是别人。你是山是水是云是天，自己是谁？

山不在高有仙则名，水不在深有龙则灵。

若灵魂若仙，精神似龙，何以担忧自己的出身或者是此前的遭遇？

你，始终是你，矛盾的是开始由质疑后来到否认，是那一颗摇摆的心把自己不当成自己，最后输了自己。

《孟子·离娄上》云：“行有不得者皆反求诸己；其身正而天下归之。”人类应当反求诸己，善待万物，在和谐中求永恒的快乐，寻求精神的彻底解脱。

一个人的善恶与好坏、幸福与痛苦不是取决于外界因素，你，才是自己命运的主宰。

因此，你是一切的根源。

你的高贵或卑贱，来自自己对生活的心态与人生的态度。

你若威风八面，生命就气象万千。

刹那间

刹那间，一个顿足徐徐回望。

蓦然惊觉夕阳无限好，只是已近黄昏，而惹人心醉的是突然间惊觉生命在渐行渐远的刹那间尚存而使人惋惜怜爱。

孤独与美丽，只有同类才懂。黄昏相近的人，方觉得夕阳无限好。夕阳西下的共赏，方知同感黄昏无限美。

芳华已去，容颜不再。那一年的匆匆，是容颜不由自主从娇嫩到苍老的匆匆。

落叶归根，归还。那一年的青涩，是岁月不容过分逗留与四季如风飘零去。

刹那间懂得，人生不过一场春暖花开之后的秋风落叶。

始终是，来去都无痕。

原来是我们过分追求岁月记得我们的样子，我们也不过是一阵风，风情万种行走在风中……

刹那间，风过无痕。在风中刹那间消失得一干二净……

我们，终将离去。不沾浊气，行随清风，两袖爽然。

刹那间，懂得所有的记忆都将成为荒芜。

若干年以后，石碑青苔布满杂草丛生，留下的也仅仅是偶有子孙烧香，烟香也都随当时那阵风而一干二净。

刹那间，明白永恒不会永恒，那一世所有的际遇也仅仅是过往云烟。

而这一生，所有的追求从无到有又从有到无，追求的也不过就是一种生命得以完整的大美绽放。

当，大红大紫以后又归依素雅清淡。

一生纵使痛过、爱过、恨过、喜过。所有的过往都已成为过往，所有的过往都是精彩万千。

孝思不匮，顾复之恩。恰如子孙后代对前人的不弃，这样就是一种对前世与父母的礼待，对后世安养生息的积基树本。

刹那间懂得，一生最亲近的人也就是前前后后那几个，而相继离去的，都是自己生命的过往。当，我们也离去，我们是否会成为子孙的一种疼惜？

生命不饱满，就是亏损，而更多的不是索取不够，应该是亏欠太多。

刹那间懂得——爱留在人间永远不足够，因此，恩爱并施，不留遗憾。

曾经，心有千千结。后来，大悲大喜大成大败以后，结自然得解。

人这一生的折腾，有时候就是命里的自我挑战。跨越不了心坎，难以企及心愿。

有些人，穷尽一生也只因所求。

有些人，富贵一生也只因不求。

然而，都是因前半生来自结，而后又用余生来开解。

求不得难，求得也难。求之不得，是心的欲求不满，求之易得也是心的欲罢不能。

驾驭不了心的狂乱，就是靡靡之声的魔咒附体，附体的作为必将张牙舞爪极为狰狞。

刹那间懂得，人这一辈子啊，所有的果都是早早就深埋下的因。

绝不是世界本质的不纯，那是总有人钻营肆意妄为的玩纵而失去了本质的爱及人间的善美。

放肆自虐的心，就是自己管束不了内心的狂魔在乱舞，自我忘情地贪婪一切不属于生命的拥有，太多欲壑难填，是一口深坑，那也是自己挖掘深埋自己的陷阱。

刹那间懂得，善恶终究有因。把人间点缀成缤纷多彩或许只需要绵薄之力，不伤害不损坏原本的好就是一种大爱。

刹那间懂得，足够的善好就能遇见十足的善待，够级的德行就有够格的盛誉拥趸。

赴，一场心的迷离

壹

真正的永恒，于世间弥足珍贵。

只是，甚少。

不用以自我的分量来持平彼此的交情。在名利的面前稍微一倾斜就瞬间崩毁，你的分量不过就是在自我分量够足的自信里深信着，质变是他人不以为你的深信能够维持得了名利上的变化而坚守。

因此，永恒只隶属于绝对的付出，而并不考虑变化后的分量。

算计，在计算里变质。

贰

深深受过伤害的心。

大部分都以为已足够地付出了，而最后得不到对等相待的期许。

人间，有多少次天使的心得到魔鬼的以恶相待，就多少次天使的心受害。

人与人会有很多山一般的厚道与海一般的辽阔给予，你要习惯的是轻如鸿毛与小沟狭促的相见。

有些时候，你所认为的厚道与辽阔，别人眼里不过就是理所当然的应该，所有的回报没有绝对的相等。

绝对的相等，人间也只有不求回报的付出。

越不计算，越是朗清。

叁

所有的付出，不必奢求产生利息的回报。

最大的价值就是相互深守成清风与明月。看似不相干，彼此之间，竟是无声地在共同的天地间深情相拥。

明月高悬，清风流转，是从不猜忌亦不计算的呼应。

最高的利息，就是算不来的数。没有量化的标准，无论多与少都深深拥护在彼此的世界里供奉。

谁对谁好得多一尺少一寸？都难以去计算。

说到底就是，你所有的深情投入，大部分都是以浅出作为回报。

不续情缘，戛然而止；若续情缘，不必计算。

缘不到尽，都是相欠；缘到尽时，也是相欠。

除非，不遇见就不相欠。

计算，尽陷在得失间折磨着数计。

肆

落叶黄昏时，倏忽之间觉得，落叶不是告别，而是一种重生。

尽管与大地相融化为泥土，终究是重生的过程。所有的埋没，都是开启另一番的气象。

有多么深刻的过往，就能放得下多深的执着。

不痛不痒，不放不拿，憋在进退两难里窝心。

落叶与枝头，不是风来决定离别，是叶与枝自然的告别。相交到一定程度，就有一定程度上的变化。

有多少人执着成空余恨？有多少人离别是空悲切？

人与人的往来，亦同。

人要走，心要离。不是心不留人，是人不入心，不是人不入心，是一开始人与心本就不相入，岂能相惜共永？

人与人，心与心。心对了，人对。人不对，因为心不对。人与人对了，心与心也就对了。

所有的对与不对，终究都是要面临着一番回落，一轮更替。

要么重生，要么埋没。

离开了枝头，不是替换，而是崭新着新芽的另一种装点。

不计算，该来会来，该走会走。然后，都是规律形成。

越是计算，越见差距。人来人走，计算不来。

伍

人与人之间的交往差距，在于计算与对较。

人与人之间的渐行渐远，在于自然而形成。

不是你不好，或者是还没有足够的好时遇见足够好的人，而足够好的人遇见还没有足够好的人，不足够的好与足够的好一相见一计算。

足够好嫌相遇不足够的好；不足够好相逢足够的好。

足够与否，没有绝对的恰好相遇。

随遇而安，适者生存，此乃为处世立身最高境界。

从不计算，也不算计，所有的逢遇，都是在平衡的状态下并行。

不计算，就不会处处都不觉美。

不计算，不会在谬误里产生厌倦、排斥、遗弃。

人间的美，放望天地人群里，众生平等。

不必太过于计算，宇宙间都是相等同存。

陆

最美好的拥有一定是彼此用欢悦的心来盛装同样欢悦的心。

当美好不长存，那还有什么样的拥有才是最长久的呢？

唯是——心与心都迷离在彼此的围墙里产生了根。

欢悦虽极美，却抵不过迷离的绝美。

人与人对了，尤为欢悦；心与心对了，甚是迷离。

持久的欢悦总归需要一种佐助来支撑。

久久的迷离呢？

久久的迷离，不是不愿醒来，是宁可在迷离中走不出彼此的心，甘愿舒心地保存着，也不愿醒来时清楚地见到出口之处。

迷离，才是最安全可靠的存在。

无论岁月的风与雨、来与往，都秉承与顺应着天意。从不在计算里生根，该来或去如风又似雨的轻松无痕。

所有的欢悦与迷离，从不计算更不会算计。静安在彼此的世界里，不诉离殇亦不会逃离。

不必计算，欢悦到渐而迷离，痴醉在彼此的世界里不觅他道不寻出口，共赴一场入心的围城里深情的静嗅花香。

懂，深到极处

壹

不管你经历多痛的事情，到最后都会渐渐遗忘。因为，没有什么能敌得过时光。

贰

有时候，不要把世界看得太孤单了，正如你总在想念某些人，也总会有某些人在一直想念你。

叁

都说时光飞逝，其实时间一直都在，只是自己的心在变，情在变。人说抵挡不过时间，其实是时间抵挡不过我们的善变。

肆

你可以一辈子不登山，但你心中一定要有座山。它使你总往高处爬，它使你总有个奋斗的方向，它使你任何一刻抬起头，都能看到自己的希望。

伍

最好的年龄是，那一天，你终于知道并且坚信自己有多好，不是虚张，不是夸浮，不是众人捧，是内心明明澈澈知道：是的，我就是这么好。

陆

不要等待，真正属于你的机遇不多，行动永远比幻想重要；不要抱怨，要直面矛盾和问题。

柒

怨天尤人只能证明你的无能；不要滥交，有三两知己足矣，别妄想和谁都能成为朋友；不要浮躁，有空去旅行，去读书，用环境陶冶身心，用知识充实灵魂；不要后悔，只要是你选择的，就算再艰难再无奈，也要咬牙走下去。

捌

别让那些不重要的事来影响你，从而让你失去那些真正重要的东西。

玖

有时候，这个世界很大很大，大到我们一辈子都没有机会遇见。有时候，这个世界又很小很小，小到一抬头就看见了你的笑脸。所以，在遇见时，请一定要感激；相爱时，请一定要珍惜；转身时，请一定要优雅；挥别时，请一定要微笑。

拾

心简单，世界就简单，幸福才会生长；心自由，生活就自由，到哪儿都有快乐。

壹拾壹

得意时要看淡，失意时要看开。人生有许多东西是可以放下的。只有放得下，才能拿得起。尽量简化你的生活，你会发现那些被挡住的风景，才是最适宜的人生。千万不要过于执着，而使自己背上沉重的包袱。多一些宽容，多一些大度，挥挥手，笑一笑，一切的不愉快都会成为过去。

壹拾贰

因为无能为力，所以顺其自然；因为心无所恃，所以随遇而安。

壹拾叁

人与人的往来。懂，于这个人世间，多么重要。仅仅是一句话，就可以撩动内心的悸动。彼此间，拥有共同的心灵世界。最深情的人，往往就最是知己。彼此间懂，不必去多说，就完全能了然。恐怕，这个世界最弥足珍贵的也就是这种的懂吧。

壹拾肆

最曼妙的懂，应该像是山与水的相见，风与云的轻语，月与夜的深守吧，了无痕迹，却意境深远。

壹拾伍

懂，不必再说，要说，就是心灵上已忘情入醉，所不自禁，因此说。

真正的慈悲，不必与假面较量

假慈悲的骨子里盛装着虚情假意，然后用着天使般的虔诚来掩藏着内心的阴谋，时刻地算计着如何用魔鬼的心来换取天使的待遇。

尤其是在推杯换盏间满脸堆笑，暗地里却窝藏着私心狂欲。

面具的活法于周围藏着掖着也不足为奇，假慈悲是这个世界低质的产物。所不被人类接受与认同的，最终只能忍受着鄙弃唾骂。

假慈悲的外表是慈悲，看似披肝沥胆的付出事实上都是华而不实的甜言蜜语，专拣中听的话来说就是假慈悲最擅长之处，把人奉承到心花怒放，把人吹捧在云端。然而奉承与吹捧不仅仅是纯粹，当得到了一定的所取以后，从奉承到损毁的转变就是一瞬间的事。

措手不及不是因为你承受不了，而是你会开始怀疑自己的眼光与洞察使人深陷在智商受到极大的羞辱。偷天换日是你所察觉不了的手段，不是因为你愚蠢，而是因为别人所谓的“真诚”打动了你，你不得不用至诚来相应。

只是，当你一切看透，大失所望的竟然是真心被愚弄！

然而，真慈悲与假慈悲的相逢，用时间来验证真假与高低。这一较量，便分了胜负，分了高低。欲盖弥彰反而露得精光，看似聪明实则愚蠢。

始终相信，纸包不住火。无论有多高的演技总有黔驴技穷时，扮演到最后就是悲哀的结局。有多少慈悲的心是披着羊皮的狼，有多少慈悲的心又曾在被揭穿后仓皇而逃，某些用心是自取其辱，也是自我纵虐。

真正的慈悲，有一颗怜悯的心。这颗心至善高无上。不因利是图，不因权折腰，不因势低眉，不因名逐利，慈悲为怀，善德众生，是建立在众生无痛苦为安的一种情怀，更是与苍生苦难厄运相济相生的一种无量。

随着世风日下假慈悲于人间盛行，于生活层出，曾一度蒙蔽了人们的双眼。不是人们不善良，是善良不慎喂给了狗后的反咬以至于善良的心常常被邪恶伤害。

慈悲为怀的人不会把伤痛当成一种不幸，恰恰相反，慈悲的人把隐忍铸成浑厚的胸怀吐露芬芳，俯仰之间不愧天作人。

慈悲为怀，是见不得人痛苦。因此，慈爱众生并给予快乐（与乐），称为慈；同感其苦，怜悯众生，并拔除其苦（拔苦），称为悲；二者合称为慈悲。

佛陀之悲乃是以众生苦为己苦之同心同感状态，故称同体大悲。又其悲心广大无尽，故称无盖大悲（无有更广、更大、更上于此悲者）。

大智度论卷二十九将慈、悲赅摄于四无量心中，而分别称为慈无量与悲无量。藏传佛教极其重视四无量心的修持，为每天必做的功课。很多藏传佛教的弟子终生持诵四无量心几十万乃至数百万遍。即

愿一切众生具足乐及乐因；

愿一切众生永离苦及苦因；

愿一切众生不离无苦之乐；

愿一切众生远离爱憎住平等舍。

另据大智度论卷四十、北本大般涅槃经卷十五等载，慈悲有三种：

（一）生缘慈悲，又作有情缘慈、众生缘慈。即观一切众生犹如赤子，而与乐拔苦，此乃凡夫之慈悲。然三乘（声闻、缘觉、菩萨）最

初之慈悲亦属此种，故亦称小悲。

（二）法缘慈悲，指开悟诸法乃无我之真理所起之慈悲。系无学（阿罗汉）之二乘及初地以上菩萨之慈悲，又称中悲。

（三）无缘慈悲，为远离差别之见解，无分别心而起的平等绝对之慈悲，此系佛独具之大悲，非凡夫、二乘等所能起，故特称为大慈大悲、大慈悲。

但凡慈悲，皆度得众生！

假慈悲，本身就违背了人性，以假乱真来取得相应的私欲，那样的人终极成为人类的悲哀。

世间的苍凉，过于寒冷。事实上，是人的某些作为使人备受心寒，让人无法接受虚情假意是因为人们更愿意追求简单轻松的生活！

人间以慈怀为本，就不会有人类的丧心病狂滋生，惨不忍睹之事就不会浮现于生活。

无论世间多变，慈悲为怀就是本。本不丢失不飘摇，走到哪里都能备受人们的信赖。

多大的功成名就，都抵不过你永远不缺失的慈悲为怀有成就。

慈悲，恰是一树花开，远近都是十分怡情。

人生终极的理想生活也就是身心不被干扰不受排斥，行走不被人指骂。真正的慈悲，不需要较量就已区分出至善的心，虚伪的人往往不敢较量，也只因为虚情与假面本来就是出演一场必输游戏。

永远的慈悲，你的人生不会输。

你挥霍不起，就必要吝啬

曾经，也只是曾经。再艳丽的花朵，也会凋谢；再美丽的容颜，也会苍老。当花已谢落，当容颜不再，花亦无人嗅，容颜亦不惹目，你虽然还是你，最后几经折腾以后，依然输给了岁月。

你真正能赢得回来的就是用经历中的磨炼所积累下来的那一份深厚的底蕴，能让它洋溢在脸上的知足与慈祥。

如果，知足与慈祥不再，恐怕一辈子走到尽头、行将就木之时，那么，你是从来没有赢回过自己。输给自己，就是输了人生，乃至于败得一塌糊涂，以至于对于人生的归途落荒一路，一段仓皇，一程迷茫，一程又一程始终都是殇魂……

其实，年轻真好，首先年轻是资本，其次青春太匆匆。这一份资本不能挥霍，不是你有多美的过往抑或暂时性的优越。最美的时光极为短暂，那是岁月不曾挽留也在不断催促着，催促着生命的老去！

什么最无情？

时光吗？不是，是人心饶恕不了那少得可怜的资本，无情的自以为是的青春所虚度着所谓的“资本”。

事实上，人生不过三万天，寸寸光阴皆缩减，所有的资本在时光面前是多么微不足道。

这人世间真正能够用之不尽取之不竭的恐怕也只有天地之间的自然生气，无论岁月多老，不论朝代更替，天地若在，气象不减。只是，一代又一代的应运而生替换着一切的陈年旧事。

逝者如斯，不仅仅是岁月的流逝，是人在肆虐撕裂着青春，有恃无恐地举着生命的号牌，一步步走向淹没的人流中，妄想着用青春借得上天又一世。然而，你的人生渐行渐近，只怕你挥霍不起……

纵欢一生是一种活法，蓄敛一生也是一种活法，而决定一个人精神灵魂上的高度，往往是有思想深度的。有思想的人，通常更是慎独。他异于常人，能吝惜青春，倾力于时光里深思并抛舍同龄人惯见的享乐。

用尽青春之力，撬动生命的潜能，用青春换取人生的智慧，利于三十而立来足以奠基，便于四十不惑足以洞见，助于五十知天命时不至于昏昏沉沉……

青春，能换取什么？

青春逝去，换来的应该是成熟、稳重、睿智和老态龙钟时的吐纳祥和。

当然了，不是每一个人的青春都能得到相等的待遇。慎身修永，每一份选择都取决于人生的领悟。越深越是缜密，缜密是生命进程的合理化，是生活进行的品质化。

你所挥霍不起的，是一种对人生追求以及生活态度的细致，反之，所有挥霍将成为一世的疏狂，一生的放肆。那是一匹脱缰的野马，桀骜不驯从无方向。

最大的成就不是用青春换取来的财富，是用所有的财富积累以后都难以换取多一寸光阴的美好。不是你能拥有多大的财富证明你生命的意义，是你的青春不待耗尽时，思想已经超于常人，行为已经在践行。

指尖上的时光，悄然而逝。倏忽之间，那人已经不是你所熟悉的人，人心在渐变，大概是人心敌不过外界的熏染，因而变得陌生。

青春教人回忆，回忆当初的快乐；时光教人凝重，凝重日子的苦涩。

你挥霍不起，不仅仅是青春太匆匆，就是时光催人老去。你在青春时救赎不了自己的狂放，因此便附加了老来的悔恨。

人生的一开始，也都在耗损生命的开始。使你的整个人生饱满着热力，就是在青春时积累得来。

你挥霍不起，人生没有几回赎来的悔恨。不必在佛前苦苦祈祷，多么虔诚的心来跪拜，也难以救赎得了青春时的一些罪过。

时光啊，于每个人的生命里早早就埋下定数的伏笔。人间有苦难，生老病死，荣辱得失，都只是时光里一首灵动的曲谱。

生命在时光里享尽青春的光华，也在时光里跌宕不拘地偷走生存的命数。

别抱怨命薄缘悭，也别怨恨命有千劫。你挥霍不起的只是你原有的时光，世间除了生死之外，都是浮云。

青春与浮云本不相关，是人把心与浮云无度地纠缠着。当浮云随风遁去，顿然惊觉，何以与浮云不能拂袖而去，偏偏与尘世纷扰来计较？

当你醒来之后，于所剩无几的时光里慌忙去敛衽。恍然间，寸寸光阴皆是最后的恩宠。

于是，就惊恐在原来的挥霍里独自悔青了肠。结果，物是人非。

最美的时光，无时无刻不在品味着生命恩宠的饕餮盛宴，轻咀慢嚼着时光里见真见质的滋味。

把生命的意义来咀嚼英华，你的时光怎会不耐得寻味？

时光，在渐行渐远；青春，在渐行渐去。

在一深一浅的足印里惊鸿了时光，唯有吝惜，方使生命在浅笑里幽远悠长……

你，挥霍不起，不必大度在时光里。

不可自欺

壹

唯一生不可自欺，心则安然。

自欺渐而演变就是欺人。瞒心昧己，只因太欺心，欺心的人往往与相欺相逢，是在相逢里彼此肆虐地对欺。

极致的欺天诳地，先掷无度之间恕不奉陪着原则共守，因此在极度荒唐的沦肌浃髓里焚尸扬灰。

自欺，自我掘墓者。瞒天大谎，圆不了以后，自圆其说极为虚妄。

人世间总在往来间相见到离奇，生活总在极不情愿中发生诡谲怪诞，独体的生命里厮守好内心的静真，相逢于怪诞异事所不可自决，于种种原因是变化多端让人惶惶不安，惊恐在自我明知中抵抗不了的欺心。

欺人太甚的人，也是自欺。过度把人的痛苦揉捏，妄想用一口恶气争来的威武霸气达成体面。殊不知，所有的威武仅仅是用善心来彰化。

任何的自欺与欺人，都是一种极为恐慌的肆虐沸腾。

只有历经磨难种种，困苦种种，你才懂得任何的自欺与欺人都是心上所缺失着些什么，越是缺失越发在自欺里索取，越是如此越是狂妄。

不可自欺，方能从容。

贰

安享在人间的盛衰荣辱，不以自欺来瞒心昧己。只有恐惧之魂才惊变在任何的风吹草动里，所见草木皆兵。

恰如，就在当时少年。

曾经轻饶了许下的承诺，也曾经千百回地回想以往的誓言。

直抒胸臆的言辞，有时候都太过于澎湃，节骨眼前通常销声匿迹，很多话到了嘴边，已经无力去解释。

谁不曾有过青春的热血沸腾，棱棱角角在红尘里打磨成圆润以后，突然想起当初曾经有过欺心一般的虚妄，而如今竟成为遥想时的挥之不去。

人生无常，有些话不由自主就成为一种违逆；有些话不经考验就成为一种负罪。有时候，不是人心太叵测，是现实太残酷，在瞬息万变中而措手不及。

无论种种，所有过往不曾石破天惊，都是妄想着惊心动魄，只有曾活在最底层的人仍不弃生命的信仰并不断地追求着精神的高度才称得上撼动天地。

人间世事，波谲云诡。多少人本来并不坏，竟是把欺心来与人对欺，赢在谋计里却输在算盘上。

从来没有过刻意的企图，也没有不纯净的企图。纵然是欺凌时有，不欺心的人又怎么会不坦然自若？

不因己欲立而立人，不迫之如火煎烹，临事不乱，波澜不惊。

不欺人欺己，一世安详。

叁

最理想的生活，莫过于自在安然。

不曾有口舌上的无休争议，不曾有以欺心或欺人的方式索取，宁静在一泓清泉里缓缓平和，何处不是人间盛世、风云流转？

曾经沧海难为水，多少人因受不了生活的种种煎熬而屈从于欺心的方式来维持着自我的“尊严”，在人海中高呼着慈悲济世来保身。

有多张扬就有多虚假，有多高调就有多虚空。

简单的人，不欺心。直来直往，纯粹自然，与人为善，拥有本真。己所不欲勿施于人，不以所求千方百计来欺心的欺人。这样的人活法简单，从来没有不可告人的秘密，坦坦荡荡地流露出真实的状态。

复杂的人，好以欺人来成就所谓的高度，宁以计算谋害来垫底望远，也从不以谦怀来盛装纯净。乃至于后来被识破后轰然倒塌，所有的高度不过不堪一击。任何的掩饰与依附都难以敌过纯净的呈现。

有些时候，并不是因为生活让人过于饰演，是人所不曾愿意做回本真的自己，在藐视自我的约束里肆虐着扭曲的欺心。最后，失陷在别人的生活里画虎类犬。

不欺心，你始终是你独异于人的风姿。

肆

唯你与心相行，心与自然共融才能厮守一生；融洽无间共存，是心与身达成一致而终老。

不欺心，于自然间即使素面朝天也不会败给浓妆艳抹，因为简净更惹人注目；不欺人，于万千人来人往间定眼一瞧气度不凡，因为简真更耐人寻味。

无谓攀比，无视浮华，于红尘世间，谁的生命不曾是最美的一树花开？

无人嗅闻，奇香自悠远，若有人轻嗅，如此纯真，不掺杂一丝丝异味。

不欺心，不欺人，那该是有多么纯真啊！

一个从来没有败给过生活的苦难或者是与人生的不幸一直在抗衡着的人，他不因贫穷而改节，不因苦难而屈尊，不因声色而迷乱。

他懂，不欺心亦是对生命本质守护的绝对尊崇。

这样的人，在天地间任何一处，都让人欣赏不绝。

曾走过的路与桥，都是因为你过后留下最真实的脚印。若干年以后，当青苔布满，依然磨灭不了你那一步一脚印走来的纯真足音。

若干年后，是真实依然在为你久久地回礼。

凡人行世，不欺则安！

大 情 怀

壹

大情怀，心灵隐有山水云间，精神藏有苍穹之巅。

大情怀，是一碗酒一饮而尽之豪迈，是一挥洒成气吞山河之势，是一顿足间石破天惊之魄，是一转身即俱收并蓄的洒脱。

拥有大情怀，就拥有了大气象。

大气象，于宇宙间生有。宇宙万物生长，因秉承着天地、日月、阳光、雨露而欣欣向荣，大气象赋予生命的勃发，也赋予生命的意义。

不受于生命的大气象，得以生长恰同于奇形怪异。促使于扭曲之态，让人不被欣赏。

而这样的人，胸怀往往过于鼠肚鸡肠。不是容不下大情怀，是因为怨苍天变了心，让自己生活在狭缝里去计较。

贰

拥有大情怀，就拥有大格局。

当，爱到死去活来，醒悟；伤到面目全非，疼痛；穷到一无所有，苦尽。最后，面子可以贴近尘埃一般的微小，姿态可以放到低处无谓谦卑，是心能把世间所有的委屈与困顿、失意与耻辱一一吞咽而撑大的情怀。

无畏于种种际遇，若灵魂不颓废，心神不溃败，何以不从容？

偌大的世界，因心而大，因心而小，因遇见而相知。不相等，不公平于生活中比比皆是，恰在生活所见种种里俯拾仰取，任何的难堪都是一种深刻。

生活的每一处都是在深刻着，而人的心怀无时不在宽敞着，容得即是盛装。

至高的格局，放眼天地皆通融。不是因为生来就有大情怀，简单来说就是在岁月里行走时所留下的慈悲，因此，心就放在苍穹之上的包容。

生来，皆有迷局。

不是破局人，自是破局者。

拥有大情怀，局不破则自破。

芸芸众生，各取所需。有些人不谈索取，不谈回报，拥着情怀行世，坐落在每一处稳稳地书写着大格局。

狭促的心胸，相比之下便自惭形秽，矮了一截。

只有大情怀，不为人世间的计较所受累。

拿起与放下，取求与舍得，于宽敞的心胸里皆是不拘行走。

情怀，是博大的胸怀。

叁

生活有两种。

一种是屈服在平庸的生活里与苟且偷安相行，一种是虽平淡却与不断追求生活的完美同行。

前者安逸且过，无处不是相逢着生活的苦难，愿与平庸相行亦从不寻求突破口，把生活与自己活生生地置在狭长的弄堂里踱步。而后者不断践行着生命价值的极致，拥着大情怀置心于生活中深入浅出地咀嚼英华，在空旷的天地间逍遥无穷。

人们往往乐于与拥有大情怀的人同行，不怒不嗔，不恨不念，相行是欢喜，相伴是隽美。轻松，便是相吸的归处。

大情怀，同样有着深邃的思想，思想闪烁着柔和的慈光。偶尔，遁形远世，不为纷争却也不失于拥揽本真。

三盅说：“凡书大悲悯写大情怀者，无不于唱尽沧桑声嘶处，擿一朵野花自珍。”

如果不是诗人内心的郁积喷薄而出，则不能把话说得如此深入人心，也就不能使此朴素无华之语言，凝聚出这等冰清玉洁、醇厚动人的诗情。这，需要情怀。

落字书写之处，于宣纸上呼之欲出的韵意，是情怀的呈现，也是情怀的倒映，那一字一句，一顿一挫间，欲言又止，是用情怀来体现的一种语言，只有大情怀懂得大情怀。

拥有大情怀，就拥有大慈悲。

有一种是因慈悲而爱，有一种是因爱而慈悲。

寻觅千山万水所借不到的情怀，匆忙人生，或者仅仅是在共同的路上相逢情怀。

只有自己拥有大情怀，从而便不用乞讨于他人的情怀。当你拥有了大情怀就是拥有了至高的心境。

情怀，是慈明的心境。

肆

谁不为情怀买单，谁都难以拥有。

为情怀买单，还有一种方式，就是需要通过岁月的沉浸也用悲痛洗礼以后，逐渐有一颗厚实的心来抵挡着万千突变的冲击，拈花一笑，了然于胸。

大情怀，不被不良习性熏染。

干净的灵魂，哼着天籁的轻歌，清晰浑厚的声音透过满眼的风霜，穿过沧桑的岁月，在山河悠长中久久传颂……

远近相宜

壹

远近相宜，不远也不近的距离，不觉疲惫。

最远的距离就是一步之遥，竟，不可触及；最近的距离就是朝夕相处，然，心隔千里。

只有一种距离远近相宜，隔着悠悠的时空一眼望不尽的苍茫，透见所有的岁月伤痕与风霜，一眼就见到相宜的人，在顾盼之间仍然追忆着在远处的你，痴痴地品味纯净的心。

就在不远处，近距离间，心与心不息的交织。不必惊天动地，不必鬼哭狼嚎，那一次回眸满满地把另一颗心感动。

仅仅是站在岁月的或远或近之间，构幻出这一份真实的相付。

心若在，远近都相宜。瞬间已成为两颗心的相对永恒……

贰

相距太近，是一种灾难；太远，是一种煎熬。

不远不近，不疏不密，远近相宜。总有人走远，也总有人走近。不是太远所不能亲近，就是亲近后会远去。

人所有的欲求不满，在于得不到的挣扎，得到以后的弃忘。任何不纯净而蠢蠢欲动的心，它的缘由都是建立在一种肆虐之上的狂纵。因此，一近就是灾难。

当所有的追求都仅仅是一种夙愿，一切都美好。任何践踏的起初，大概就是忘了之前的初心抑或是过多代替的涌现所弃忘。

所以，人世间的追求，一旦过盛将会渐渐远去。

远近相宜，浓淡恰好，就是一种隽美！

其实，远近与浓淡，都只在于：一念起，天涯咫尺；一念灭，咫尺天涯。

这一念，是天涯与咫尺；是千里与相亲；是相近与相远。

相近，不可相亲。也只恐，相亲，便是远去。

远近，自丈量。相宜的心，不觉远不觉近，心心相守不觉间，便是丝丝暖来。

叁

撩人心魂并催人泪下，不是宣泄到极致的美，就是直抵心间的撼动。

每一滴泪流，都是一种声音；每一次凝重，都是一种沉默。每一次欲言又止，都是一种不知从何说起的无奈。

人间，若少了情感，便是苍凉。

有一颗慈悲的心，见不得人间掺杂一丝丝的痛苦。于近于远，心灵的美都存留在尘世苍生间流转。

放望尘世间，多少人去将就近距离的相亲，竟是讨好在拉近距离之间的奴化，焚心似火一般的热烈在一阵亲近的催化下所有的期盼都在黏糊之间烟消云散。

所有人的理想活法，最后都殊途同归——心的安然与宁静。

远近，不愧天作人，谈笑之间，怎不从容？

最宜人的风景，就是人的心本身就是一处四季盎然的花园，芬芳四溢，蝴蝶自来，无论远近。

心是一朵花开正艳，生命就是一树苍翠欲滴。

肆

相识，相知，相近。最后，相远，又相逢，终相离。

心倦了，人疲惫了。你，不再成为别人眼里可欣赏的风景，那人亦不再是你心仪的胜地。已经无畏于远近与距离。

不关乎于距离，心与万物便不远。

如果说，心之所属在远处并是他心所向，远远地便能听到近近的心声。

心不远，一切不远。

后来的你

壹

当尘埃落定，一切归于平静。

曾经所有的焦灼，忧虑，躁动，不安，都只是凝聚在曾经过往的某一处。那角落处，仅仅遗落在角落边上，并不是那么显眼，那是我们无限去放大，恐慌去相见。

真正的归心，就是寻找到了归属的心地。能把这片心地来开荒，把那些曾经让我们不情愿见到的烦厌，翻覆埋去，用心来浇灌，这就是果实所能孕育的需要。到那时，你会发现，强大的心，正是依托原来的种种烦恼锻造而成。

平静的心，一定就是在狂澜里，浪尖上，风口处，能横刀立马挥洒着不败风范。恰似，当时你所有的焦虑与不安，也正因为这样而堆积而成。

直至后来，成为传奇。

后来的你，耐人寻味。

贰

当所有人都趋之若鹜奔涌而来，唯有你笃定地站在一旁不动声色静处在这一片山水之间，那是因为你的耕耘与劳作，把所有的质疑与嘲讽置于九霄云外，把心系在每一寸土地上的每一株草木。

追求极致的人，向来心系一处，义无反顾地前行。极具孤独的浸染，是常人所不能体会到的凄清。

常言道：人生千百条路，何处不是归处？然后，在不断的选择之间挥霍了年华，每一条路返途而回，只是每一次都不是这一条路的尽头，后来，每走过的路仅仅是路过。

后来，曾经走过的成为见识的谈资。

后来，在这一知半解之间不自知。

直至，遇见了一个从一开始走到路尽头的人，一经交谈自愧不如，方才恍然大悟所谓的见识不过风毛麟角。

所有的见识与彻悟，是你所走过的路，越是深刻，领悟越深；路程越远，越是学问。

当你用心地走到路的尽头，空谷幽径里荡气回肠跌宕起伏的回响，就是你曾经走过路过的足音。

直至后来，一览无遗。

后来的你，谈笑风生。

叁

当把脚下的一片荒野，建造成山水客厅。

荒野，成为山水客厅？恐怕是常人所不敢去挑战的，事实上，心间有一片山水云峰，生活就有一片景深逸致。

荒无人烟杂草丛生之地，了无人踪影。是孤独的人潜心一志建造了烟雨江南，雾外江山。

心中有画，一落墨，一点缀，整个画面充满着无限的意境与雅韵。乍一见，这寥寥数笔，描出了人间真滋味，画出了生活真境界。

物随心转，境由心生。

距邕州城不远处修建有一座水都，我无数次地前往，尤其是在夜里，入景园每到一处，一转身一风景，一步入一境地。

走在烟雨长廊之间，赏云窗雾阁，飞檐凌空，尽显巧妙又轻盈的美感。

行在碧波水都之上，观亭台阁楼，错落有致，皆是一片壮观气势磅礴。

我猜想，这里的主人究竟是何人？

看这一笔一画，一景一物，就恰到好处彰显出灵动而不呆板，精致而不繁乱、简明而不冗杂、威严而不张扬的神来一笔，点缀着山与水、人与自然的无限美。

就是人能将内敛与浑厚，细腻与神韵结合得淋漓尽致，正符合人们的审美与修心的需要，恰好地避开了尘世的喧嚣。

我始终相信，能驾轻就熟地运用这一笔墨打造出这惟妙惟肖的景园，是心与自然的相融。

落在眼前的不仅仅是得天独厚的山与水相拥，应该是一个人心间早早就已经有一片人间仙境的山与水，然后赋予神与韵，最后引得无数人前来欣赏。

肆

直至后来，孤独执笔的人，孤独地落墨着心间贮藏已久的山水美境。

后来的你，在落款之处，是人们铭记不忘的正章。

|第二辑|

侧耳谛听，花开都是你的声音

对生活说绵绵情话，近距离观察生活的样子，在生活的深处潜水，在路边的树荫里细看，哪有什么“心有猛虎、细嗅蔷薇”？如果爱，请深爱，每一朵花开的时候，都有你的声音。

情末了

壹

情殇。或许是情太深，而偏偏是缘太浅；或许又是本无分，突然横空而来，恰巧相遇，却又因是彼此修为未成匹配所不成两情相悦。因此，殇歌悲叹。

总在年轻时，不懂得爱之深到几许方是隽美，也总在那时红尘的深处久久地沉醉。恍然间，总也在错过几回之后懂得当年只是一种违心的相拥。

到了中年，当一切已远去。懂得，那只不过是奔赴一场风花雪月的美感。

因此，总在殇情之前，谢过所有的真心，恨之入骨曾有的种种过错。

灵魂的忧伤，裹着幽幽的过往殇痕。蓦然回首，时至当下，不得不迁就。亦不忍，不忍不迁就里惹得又是殇歌四起。

情末了，情不知何以了了？

原来，缘太浅；因此，落花悲伤。其实，是花终会落，是缘也总会了……

情，已了。

贰

任风吹雨打，共度时光至老去。乍听起来很简单，越是简单越是难以抵达。真正的幸福，就是简单地活着，活在情长意重里感动着每一时刻。

爱，简单到了一定的程度，满心满眼是爱意，从不需要去表达。

情，简单到了一定的程度，无时无刻不欢心，也不需要去忧愁。

简单到了一定的程度，任何的过往云烟还有心底留痕，都是悠悠的清风透过斑驳的岁月去影无踪。

这时，明白与清淡相依存。

不是以前或是曾经让人彷徨失措，如果只是用苦苦乞求得来的情长，也只能在凄凄声里断了情意。任何的情长，都不会在岁月里有不知所终的浅薄。

厚重的心与心，在于分量与分量的相匹配，轻薄，只属于虐心的肆虐。

情重，在于彼此的赋予。就是一颗心披付在一颗心里，属于彼此之间的共存。

当，情到厚重，爱到深处，不愿自拔在彼此酝酿的醇香，历久越浓。

情，难了。

叁

总有一首歌，旋律的忧伤在彼此的心间起伏；总有一段文字，记载着彼此的不堪又抹不去的回首。总是在不经意间，触及伤感，最后泪眼蒙眬……

一生所依，岂在朝朝暮暮？

这情字，消人憔悴，也叫人痴醉。人间，有多少次反反复复分分合合，就有多少次的悲欢喜忧。最后，总是几经周折以后，不是梦已碎去就是梦魂颠倒。

有些错过，也是情殇所致。

所以不敢再触及，是情字叫人喜忧无常，也是情殇让伤口未痊愈，因此，不敢在红尘世俗里痴迷。

时光，瘦骨嶙峋，情的骨肉总是不够饱满，而人对完美的追求又过于风情月意，每每在花开花谢间，虽透见了人情世故，悲欢离合里却负了几度春。

梦醒时分，已是黄昏。这一梦，睡得太沉，这一梦，让人顿然间懂得——情未了，梦牵魂。

当情产生扑朔迷离的未知数，就是情不知所以，所以迷离。你，必须放弃一切的红尘诱变，选择一个出口，径直地走向情意的风骨之间，不畏世俗，不惧偏见，你还是原来不染神乱志的你。

你，还是别人仰望的风景。

留下一份遗憾的残美，也好，不必把真心趸缴在难堪的落寞中延续在无止休的悲凉里。转身，就是柳暗花明。

情虽了，了于心。

即安。

生活藏龙卧虎，你的心何尝不是

壹

繁纷世事，各有所需。漫漫长路，恰一个人的独自修行。

心无所适从，是因为不满足于现状；所以，心有龙吟虎跃。你，在寻找你自己，属于自己的活法。

迷乱，迷乱在自认为的潦倒生活里欲罢不能中苦苦坚持，又在欲盖弥彰中难堪。

超越，不是用语言，是心在攀越。

你的心，何尝不是在卧虎藏龙？

越演越烈，猛然间大悟，所有生活的折腾与热烈，其实就是心灵的品级来决定于生活的质量。

谁的青春不曾肆虐，谁又不从岁月中踌躇走来？也总是在百般的无奈与挣扎之间懂得，生活不是眼前。

只是，总归回到宁静和心安处，梳理着曾经走过的躁动焦虑与忧心如捣。最终，一切也将成为过去，而你也会成为骑虎驾龙的强者。

你不再是渴望青春的狂放，而是敬慕生命的尊贵。

闲庭间，静看花开花落，尘世间最美在于看尽怒放生命之后归依平和的那一枝根植在尘土之下的心质。

当冷暖自知，安然无恙，当心不改色，花开花落以后，仍然是绿色的心。

生活，没有持久的热烈奔放；心情，总是于亦浓亦淡中从容。

贰

过度的欲求不满是焚心的火，所按捺不住的欲动，他的活法是行走在手段之上的私心化进行。

这等私心化，是一颗狭隘的心妄想吞并着一切的不经付出的盛大所得，然后驾驭在利益之上的躁动。

当把人心与谋算相成一体，若一旦相近，心性狰狞不用掩饰也能从气息中闻见。

多么假的真，到最后总是经不起时间的推敲。而，真心换来的并不一定是真心。当你的真心置换不来诚意时，其实并不是真心被社会遗弃，是别人的私心化把道理置之度外，拼命地索取与追逐中自焚也是这一颗。

做好自己，你方能驾轻就熟在生活里站在盈盈一水间看尽世间百态与各色人等。

你不是局里人，虽身在生活里行走，也同样在边缘间敛冷于眼，着暖于心，置善于世。

多年以后，细数光阴。忆起曾经伤过的人与受过的伤，或许是自己不愿再说已默化在心底。

生活藏龙卧虎，你的心何尝不是？你藏着你的过往还有伤痛，独自潜伏在心间的某一处，不敢惊动，恐怕虎啸龙吟心灵不安宁。

过往纵然是曾经的狂躁，最后唯有静安的力量能降伏。

叁

生活是一面湖，看似平静实则静水流深。

时常去钓鱼，鱼钩入水，静等诱受。

等着等着，看这一面湖里所隐藏着的诡谲到底有多难测。

此时，人在等鱼上钩，心在等鱼入诱。

也不知有多少鱼儿曾过往，嗅探着是诱惑或是美肴，最后，只有一条鱼一口吞服诱饵。急忙收线，一看鱼小不乐，又继续下钩。

叼着烟，静静地等。

突然，钩标下沉，心中暗喜。急忙收线一拉，鱼标“嘎”断，脚下踩滑人仰马翻，刚刚钓到的小鱼也不知所终，气坏。

傍晚，只好空手而归，那时一路怏怏不悦。

后来想想，其实，鱼在等人，人在等鱼，都是入诱。诱饵有多大，心就有多难测。

我觉得，钓鱼之意不在于鱼，是钓心。

忍得住诱惑，就守得住心静。心，不乱，鱼入不入钩，都是收获。

虽然，那天对这片湖一无所获，我认为我收获的就是一份平静。

面对所有看不透彻的深藏，若心不躁动不安，生活便静如止水。

所有的收获，应该是你能站在江湖的边缘岸上安静地读懂所有看不见的玄奇。智慧的生活，可以放下刀枪剑戟，用一颗心来品尽所有的浮动与不安，然后静观默察里懂得真正的得，从来拼不过心灵的安好。

生活是藏龙卧虎，人的心应是站在藏龙卧虎之上透见一切的动静。

透见，预见。

你，才是生活中最好的谋士。

你的样子

恍然间，原来与现在的差异，并不是你所想要的生活样子，叩问心魂，心已冷去，多少的语言已成苍白，多少的热乎已成冰霜，多大的火焰也燃烧不了从前的热烈沸腾。

人，最可怕之处就是从来没有懂得自己，却用所谓的懂得来丈量别人的懂，而真正的懂不胜不懂的折磨。然后，所有的懂在不懂的指使下战战兢兢地完成了本来懂的事变成了不懂的结局；于是，原来的懂便成了浑浑噩噩。

思想的进行，在一点一滴的浑噩之下神志不清，渐而在当权之下成了自己不情愿也必须情愿的奴骨。

说到底，不情愿也必须情愿是某种需求的驱使，而这样的违心在人性上无法体现出尊严来，在尊严与某种需求的冲突时，很多时候得忍辱负重去进行着生活。

也就是说，也只有生活让人被迫着牵制，那也是因为需要，因此，宁可选择被迫而不解救生活的僵持。

平常人的活法，往往是选择于保全，而不愿勇退迫于无奈的前行。有些憋屈，暗藏在胸间难以释然；有些懂得，也只有自己能够无声吞咽。

在自然界的法则里，不足够强大的自然生存都是一种心性上的曲张，直至后来，变了样的行走只能用极力的微笑来掩饰着一切的委屈。

但愿你的现状，不是如此。

一个人的自信，纵是胸有成竹纵横天下，最终所馁下来的不是人的气魄，而是在相对的人那里得不到心悦诚服的相往，因此不胜内心折腾地转身。

漫漫人生路，不进则退，不退则进，总是在这进进退退里看透了各色各态的人与事。也难怪江湖世事过于波谲云诡，让人生畏的不是本身的底气不足，而是难以寻觅真正的同道中人，所以总在冷暖中前行竟高歌不起而寥落。

人间的纷繁，能独立地活成自己想要的样子，你可曾想过需要多大的勇气来坚守内心的清正?

坚守得了清正，就会得罪一些本不同道的人。换句话来说，你不愿苟同，就是因为本质不同，本来清正的本质竟被逼迫同化成不伦不类，无疑你难以活成你想要的样子来。

但愿，你的颜色不被渲染成你所不忍受的黑白颠覆，不在难堪里左右为难地奴化自己的风骨。

但愿你的生活，不是如此。

物以类聚，人以群分，三流九教，各色人等。于人世间生命里，真正驻足的恐怕也只有自己的心声能让自己听懂。

任何的依存，都不用讨好得来。持久的永恒，远近都是风景，不必恐遭妄议，不必在意他人接纳或是看好。同在斑斓的岁月里，你的与众不同就是一道宜人的风景，无畏于生长，无惧于环境。这样的你，方得从容。

牵扯不休、不情愿的忍辱负重，是活在他人的世界里奴颜婢膝，所有一切的正确与选择都会是一种内心按捺的忍受。当，日积月累以后，心性在慢慢的同化里已不是你的样子。

直到某一天，你认不出你自己的样子来，独怆然涕下，原来你明知不是你想要活成的样子，反而在类同着别人的生活样子，是你难以效仿的另类样子。

惊觉，彷徨失措，你已经不是你原来的自己。

人间有味是清欢，别人有别人的饕餮盛宴，你有你的粗茶淡饭，不同的味蕾，不同的享受。盛世的欢宠，仅仅是守得住自己的味蕾，仅这一味走在天南地北间，久久地忘不了也放不下。

但愿，你还是你自己，还是你喜欢的样子。

最好的姿态

壹

掷置在光阴之中的年轮，把一道道的皱纹添刻在额头之上，你曾有过几次伫立镜前细细看懂岁月的深耕，又曾有几次对于心灵的耕读。

岁月如刀，不是把心在雕琢，就是把人在镌刻。只恨，一刀接着一刀，不是太过重，就是太过浅，总把人不尽成模样。忆往昔，是雕栏玉砌犹在，只是朱颜改。

结果，人在半模半样里，独自怆然涕下。直至后来，半迁就半妥协了人生……

贰

当，你的眼眶藏得住你的眼泪，你已成熟；

当，你的诗意不示于众人之宠，你已淡然；

当，你真的读懂自己，岁月无恙，你赢回你自己。

叁

你认为从来没有输过，可你输得竟无语凝噎，原来一直从来没有赢回过自己的心，因此，赢与输都不是终极，只是轮回……

当利与势到了一定的程度，有两种人会变化，前者，因此趋炎附势百般奉承；后者，因而隐逸远去，不沾权贵，不慕声色。

你会发现，有些拥有着实也会成为一种无形损失，一回望恍然间，真正隐逸离去的与趋之若鹜的人数在变化，只是，从此质也变了。

肆

有些人，免不了。免不了的一定是淡泊之上的往来。只有淡泊最持久，任何的声色与斑驳，都不过只是一阵云烟，当风袭来，遁逃而去……

你要始终相信，你终究得回到自己的生活中来。

任何的委屈，难以求全。

迷人的姿态，从不在迁就里矮了风骨。

伍

如果思想不谋，合则不久；甚而，分道扬镳而去。

拂袖而去的人，就是相对共品一盏茶，到了无味，留下的只是茶渣，然后掷置在角落边，不承想，这一味共同品过，只是各自的味觉太大差异。

风过无痕，了却曾经，一切的因将以寂然无声落下句号的果，不问，不闻，已成过去。

陆

还有什么能媲美活在现在更有知觉？此时，才是你的一切，活在知觉里与自然同在。

我欣赏有思想深度的人，一字一顿，干净利索，一言一语，透彻深刻。

甚喜在尘世低眉，于滚滚红尘间眉宇便承载着一切的变迁与更替，眉一直低着，不为扬尘却已有出世的厚重。

柒

思想因深邃而静远，人呢，因蓄敛，生命辽阔……

万籁之音，宛若心语

壹

今夜，风高。远处，飘来山岚的香味，是扑鼻而来的幽香，我寻幽而去不待细嗅，已经陶醉。

远处除了山岚，尽是天籁之音，不知为何这一些醉人的自然物语怎就在这样的夜格外悦耳。我循声觅迹，竟不知藏身于何处，忽远忽近，一声声似悦诗风吟韵味十足。顿然间，仿佛置身于天上人间般的境地，心飘忽在仙山琼阁里尽情悠荡……

身在距邕州城不远的这座水都，一步一景，看万物灵妙，腾云驾雾，飘飘欲仙。与众相依，此时，不正是自然中的一物吗？

你听。

听，万籁私语。你竟仿佛在它们之中，可它们竟觉在你的其中；自然之中有你，你在自然之中。

此日，若有所悟，又不透彻。虽喜于万籁之音，竟难觉解万物之语。

灯烛辉煌处的都市过于繁杂，当把灵魂的归处，放逐于万籁之中把心听语，我相信能细细地觉解万物生长的声音。尤其是在夜里，当灵魂与思想潜行在自然之间，顿时妙清曼宁，无尽的本我与无我将融入其中。

我崇敬大自然，更痴情于拥抱自然。

我想，这是独体生命的归真与对众生平等敬重的一种心态。

贰

有时会在尘世之间迷离，稍有不慎，渐渐背离自然。把持不了心间的尺度，往往是平衡不了内心的得与失，丈量不了是与非的长短。

孰是孰非，已完全在一个迷离的状态里凭借独断，一一地自我评判，也在评判中自我的沦肌浃髓。结果，输给了自我，直至后来，自我已成非我。

有些人，活着太累，究竟是人所不满现状，还是因为现状而导致心痛苦不堪呢？

当，无处诉说，也唯有与自然相栖对语不觉倦。毫不保留不经修饰，任凭心之所想所说无所顾忌无所疑虑地倒尽千言万语，无论苦乐或者是喜忧，自然一一悦纳不拒。

心在自然，自然不弃。

叁

不知怎的，我习惯在夜里前往水都。大自然虽无处不在，此处竟与众不同，其中蕴含着一种让人静定的力量，也正因如此我所神往。也从不分白昼与黑夜，不分欢喜与忧愁。

静定的力量如此强大，竟让所有心的狂躁与不安一一被降伏。我不懂是我的心与山水云间对话，还是山水云间赋予人所无从抗拒。总之，我无力去拒绝，后来我相信一点，此处不仅仅是灵魂的归宿更是心灵的寄放。

我也只喜欢在这样的境地里毫无顾忌地让身心恣意行走在大自然间，心无旁骛，不被尘世纷繁惊扰，心在自然中恍如隔世般回到最初的自己。

我所拒绝不了的不仅仅是这座水都处于深山幽谷所让人景行行止，我认为更是这里的风土、逸林、湖畔、楼阁、长廊，每一处都在昭示着自然的伟力，幽幽地散发出宜人的清香，这一抹清香不论四季更替从不散去，这里面裹挟着山水的情怀与人文的精神，无处不透露出文化的韵美，悄无声息地就引人入胜。

我常往鲤鱼湾温泉，把白日里的疲惫释放在这药缸里。我所前往也不仅仅是为了释放疲劳，更是一种与自然的相融，静听夜里万籁之音，借寄在大自然的温泉里静听心语，感受着这一口从地下近两千米引源而汇成的温泉，人一旦浸泡其中与水交融不胜言语的妙美。

试水知冷暖，一叶知春秋。也只有亲近大自然，方懂得一二。

肆

万籁之音，遁迹潜形。无声胜有声，这一声声抵入心魂，心之所在，因景致过分宜人，所醉卧温泉；人之所向，因幽径叫我忘返，所流连水都。其实，都是因大自然所致让人心旷神怡。

避开尘世的喧嚣，隐匿于深山幽谷，又何尝不似闲云般从容，野鹤般悠然？

世间太嘈杂，都市太纷繁，置心于山水云间，何尝不是静定之处？轻盈行走，总能在这找寻回最真实的自己……

人的活法，各式各样。不违背大自然的规律，尊重大自然众生，随携着一份欣赏的眼光，聆听的心态，细微之处也好，语外之音也罢，总会有诗情画意的境遇。

用心聆听大自然的风雨声天籁声，细微之处，遇见真实的自己。

我，愿意一直是大自然的聆听者，听远近之处那一声声的轻语，恰许我另一份世外桃源的精神享受。

对于生活，该有的底气

壹

对于生活该有的底气，是对自己的生活优雅到底的负责。人间漫漫长路，披着一肩云霞伫立在苍穹之中的笃静，搂着一路春风潜行在无垠大地之上的悠然。

总是在关注生活之时，忘记了观照心情，糟糕之处，究竟是过着不理想的生活因此心情受到牵扯，还是心情本来不受环境形势的干扰而因为俗世之事糟糕了生活？

我想，应该不是人凌驾在生活优越之上的威风凛凛，是一颗心能超越在任何糟糕挫败之上的从容行走，而这样的从容也一定是从水深火热之中踌躇走来。

如果，拥有一颗超然世外的心态，那么就不会在俗世之间扑朔迷离。始终坚信，所有身心的伤痛与心智的成熟成正比。或许，过于不幸，不幸之事过于平常人所能承受的际遇都只是平常，不平常的人不寻常的历练。

非同寻常的历练，才是人生的资本。可以促使你有足够的底气来支撑起又雷同的遭遇。

人间太多遭遇类同，你的另类已完全看透了因果，所以，笑看风云，淡然处之。

浑厚的底气，有足够的笃定来笑对生活万变。

从春夏秋冬走来，寒暖交织不适，难行千里路。

贰

从来，未见过谁人不经历风霜便能过得行云流水般的生活。

行走在这个光怪陆离的人间，你保持一颗干净的心，生命就不会是因尘世而混浊。通透的生命无论走到哪儿都日月可鉴。

每个人都有自己的故事，有些故事作为珍藏别在口袋里不易显露，只适合把陈年旧事酝酿在风尘之外，不关风月。

自己的路途，自己深有体会。

泥沙俱下，是甘愿沉浸在同病相怜的悲观厌世里相投，之后沦陷在无法自拔里遁逃奔赴，忘了曾经的自己。

你所承受不了的，也只因为先前放弃了可以承受的遭遇，放弃心灵的抗压，选择一种避重就轻的方式生活。

所有的安逸，也唯有两种可能：

要么，可以选择一万种理由来拒绝所有内心不能接受的变化，一味追逐着避难就易的方法苟且偷安，讥讽着那些多次迎来送往的风雨。

要么，有足够的底气来托起一片自己的蓝空，那必经过风霜雨雪的凛冽寒冬走来，穿过深水火海里铿锵顿挫到来。

前者，只是一种短暂的安逸，随时都会风驰电掣而去。后者，才是风雨过后尘埃落定的平静与安逸。

承受的心能有多大，盛装的花朵就有多艳美。从不凋落的花朵，你可曾懂得需要面临着多少次的袭击仍傲睨万物？

你的底气，来自岁月的沉淀。

乾坤再造，可曾敢与一无所有对决？

叁

其实，人生不过就是在几番蠢蠢欲动里翻腾着不满与愤慨，又在几番彻里彻外的疼痛着扑腾与挣扎，而后抚今思昔，原来纯真与安详是生来时与老去后的那个时段。

你一开始就存在，过程扑朔迷离让人不知所措，到最后才懂得，生来与死去仅仅是一个人有幸地活着。

然而，活着需要底气，活色生香的人穿梭在诡谲多变的云端之上，放望天地一览无遗。之所以能有这等的眼界，是心有底气而放在巅峰之上的果敢。

因此，你需要有气定神闲的底气来支撑独立的生活姿态，更需要有随遇而安的底气来托起自己的世界。

不在矮化人格里苟延残喘。有些事，不一语道破，有底气却能不道破时就已是惊人。

进退自如需要越挫越勇，而人有多大的底气，就能走得有多从容。

不　懂

不懂，不折磨。

懂到深处，越发不懂。生活太多学问，人生太多玄机，道不破也不必非要用懂来道破，所有的破译，也只是为了解不开的谜。

谜底，分为两种结果，一开始的谜有性质好坏之分。

有些谜，一旦解开之后体无完肤，追究在谜局里而生了根。如梦，一重梦一重戏，二重梦二重玄，三重梦三重局，梦醒时分，这三重梦也仅仅是梦。惊心动魄过后梦断魂劳，总有些梦是曾经的过往，也总有些梦似乎是若干年以后的预见。

相同的梦，若有了太多雷同，虚实难分，信以为真。

相同的谜，若始终无法解开，谜局未解，久惑负累。

干脆不愿去懂，人生不顾忌重重，这样可以走得更从容轻松，总好过一路去追究的烦累。

美与丑，无须较量，自分高低。

人，总是怀着无比好奇的心去破解生活的疑问，有些谜中谜如梦中梦，藏形匿影琢磨不透，似在眼前，又似乎遥远，总有不断的悬念，也总有不停的念想。

心解不开，所千千结。越是难解越是欲求真相，越是难懂越是刨根问底。有些真相，不必懂，若真的要懂，恐怕一辈子也难以有答案。

也不用刻意去试探，人间不公平的事太多，也不是唯独你有这样的遭遇，拥有一颗平常的心去审美，每一种不招即来的事物，都是人生难以避免的约定。

所有的幸福不会不请自来，也包括灾难与忧愁，离别与相逢。任何的不解，终究会在你完全看成一种自然以后解释一切的疑惑。

过程，是学问。

一道道的难题，一步步的阶梯，困难层见叠出，每当你懂了又有难以懂的问题出现，生活本身就是问题叠着问题，一条条循环渐进，一步步让人解析。

不该懂，不必非要懂。不去懂，不是真不懂，不想懂也只因为不必太过于明察秋毫。

善与恶，无须对比，终极验证。

聪明与智慧，其实就是层次上的差距。

聪明的人，有聪明的度世；智慧的人，有智能的丈世。层次不同，所知不同，不想懂的就有差异。

有些想懂，甚是徒劳；有些不想懂，有自知之明。

我喜独处。

不是因此尘世纷繁而隐于静处，也不是冷眼审视于事物。我的独处，就是在尝试用自己的思想来解答一些疑惑，从安静中获取更多需要懂的事情。

有些不懂，不是不去思考。有些谜底，我也不想去深究。任何的存在都有合理性，这个存在的事物不被剖析更多缘于尊重，不是过于拷问而得来的豁然。

当灵魂与精神的层面，放到了一切皆容的高处，所有的难题迎刃而解。这需要过程，岁月沉淀下来的淡然，面子可以放到低处，灵魂与精神放到了高处，世间的百思不得其解自然像乌云遍布时那清风席卷，顿然间，明月高悬，风轻云淡。

累，就是太过于明白，而去计较。

有时候，有些悬念，留下一份空间，不必满满的猜忌，你需要知道质伛影曲，因果并存。所有的问题，都是有意境，留着一份朦胧，真面目隐藏在无限妙美的遐想之间，也是一种生活的学问。

真与假，自会淡生。

不懂，不是真的不懂，而是不想懂，留人一线，各自相宽。

生活的所有难堪，就是过于明察秋毫的刨问，一些答案从别人那里得到未必真实。用慧眼去看，凭心端详，真相在结果面前终会大白。

不懂，真正不必懂。有些事，来龙去脉，自个门清；有些人，迎来送往，自有体会；有些话，点到即止，无须道破。

于这个人间，以不懂的姿态去圆融容纳各色人等，可容百川，可纳万物，胸怀磊落，足以活色生香。

不懂，懂了。

不问，明白。

疑问，自得解答……

最好的答案，从来没有答案；最深情的懂，从来没有语言；最高的境界，不懂，已深深懂得应了万变。

静看一些事，不在于形露，在于神隐。花香，不必袭人，蝴蝶自来。

有人问，为什么懂得？我真不懂。如果我懂，也不会是以非分之想得到的懂，自然的懂才遂见真相。

很多假象蒙蔽了双眼，眼睛所见之处应该是善美，任何的丑陋都抵制不了美的绽放，而正是你心灵本质的善美，所以一切皆美。

不懂，容纳天地百川，宇宙千姿。

走在不懂的路上，像蜻蜓轻轻飞过湖泊，微微泛起波澜，不惊于深水急流，不扰于暗涛汹涌，你看，那一道道的波澜如此老成……

阅

壹

每每在夜深时刻，或是落墨或是阅读；往往在一壶茶氤氲间或山水或人间的天马行空般的勾勒，也常常在一盏忽明忽暗的灯下诘问世间千姿与百态。

夜阅，愈夜，愈阅。

阅，知。

阅，翻起生活的字面，深究行间的秘籍。

人生太多事物值得一读，生活太多问题值得一解。我们总是放不下白日的匆匆，把夜作为劳累一入枕，梦里入戏太浅，鸡鸣后又是太匆匆。

夜的深邃，只因人的困乏阅不了人间的深义。

如果，白日是身体的行走，那么，夜是思想的奔逸，阅知的论衡，灵魂的升华，生命的透悟。

我嗜好夜，因阅而知，通常一阅，至天明，不轻易错过与夜共阅。

阅己也阅事阅物。

白昼是题目，夜深是解答，一提一问，是夜所深思之后的提纯。

常常迫不及待阅己。阅己，你总得先懂得自己。究极觉醒就是用心灵去发现外在的善美，只有夜阅愈知。

生活不是疲惫不堪，人生也因阅知而妙美。

十里春风，千娇百媚，不如你守静深思的妩媚动人。

夜，阅。察觉，而后知了。

贰

习惯拂拭白日里的尘嚣，与夜深独处同在一处静谧的星空下对话。思想与心灵不受外界的干扰熏染，于万籁俱静之中与自己私语。

总会发现，生活的各色人等于生命穿梭不停，熙熙攘攘皆为何来？总会懂得，人间的世态炎凉在夜里回想才冷暖自知。

夜深时，不必防备夜里的面具，只有在夜里才能卸下白天的浓妆，一洗尘世的色彩。夜色与人心的素雅，也仅在这样的时刻才与白昼隔离。

心在夜阅，无须顾虑，岁月安然。

有多少的人头攒动，难以看懂各色人等的虚实真假。善和面具所掩映的狰狞面目是因为害怕人的眼睛可以在白日洞察丑陋，之所以，白日的妖魔鬼怪才是盛行于生活左右，借为非作歹来掳夺一切的善美。

假慈悲隐藏在白日中，危机四伏弥漫着邪气。白日的繁杂喧嚣已经覆盖了这种气味，也只有夜阅，细细嗅闻方能洞察得入木三分。

夜里的肃静，恰许一场生命的觉醒。透过眼眸之光，借夜色的清静，一一审视深思，闪烁着智慧的光芒。

夜，赋予人的不仅仅是心身的安宁，更是思想的灵动。

夜，阅。透见，预见。

叁

白昼与黑夜的区别在于动与静的区分。破译人间密文，通常只有是夜里能静定而思，思而解析。

梳理着杂乱的思绪，思想一步步在夜里潜行，如同陌上归来，带着空谷幽兰般的清香，散发在夜里的每一处空间，又像风一般地遁迹潜形，仅留下一种对夜阅愈问的无痕，追寻着白日里点点滴滴的过往。

白日就是开始，而夜深是总结。肉体的行走，往往在白日，灵魂的启窍仅在深夜。

我喜静，尤其是与夜阅。

足以让我一一去品读白昼的万千纷繁，细细冥索万千极动的起始与终结。

夜的平静，可以平复白日的躁动；夜的笃静，可以收复白昼的不安。夜里的样子，才是我们最真实的样子，无谓浮光耀眼，无惧丑陋百出，不屑白日云烟，守着自在的心行在独自的空间里尽情奔放，与夜独舞成素华映月一般的安好。

夜，阅。字里行间的段落，咀嚼英华。

生活，总得需要在自己的空间里来一一丈量人间的善美与邪恶，当你看懂白日的面具，就不必陷在面具的表情上去苦读。

读懂自己与别人，不需要在白日里计量。安静地在夜里焚香煮茶，优雅地让思想逸清，淡出眼底的虚实是非。

夜里，无谓攀比与揭穿，阅览百态，终归觉悟。夜，就是自己的一面镜光，折射出人间的美丑妆容与掩人耳目，见己见世，明心知人。

夜，阅。你不需要懂得太多，懂得自己此时与岁月静好，就是一种不经纷争与掳夺的福分。最后，用你自己的敏锐双眼静观白日里的邪恶尽丑，了然一笑。

肆

万千浮动，抵不过你一丝丝的静气。

夜，茶已喝到无味，人与茶竟不分彼此，不知是茶浓郁还是思想在丰盈。这夜，带着一份冰清，灵魂携着高洁，不用描粉妆画，竟如此高贵。

越是高贵，越是在夜里独自绽放，不动声色，不为悦人，恰似你在独自的夜阅，在悠悠的时空里物我两忘，静影沉璧，神闲气静……

夜，阅尽无数，不为障目惑乱，何尝不是揽清风朗月入杯？

人心相换

人心叵测，真心相付，需要一条退路。

这里说的叵测，并非把所有人心都仅定义在一个狭义的相对论，我想说的就是，人世间的善美永远成为行走在岁月的独宠，只有善美人们才能欣悦地接受与伴随，也唯有善美可以自若地行走在人们的领地之上。

善美，于彼此之间，毫无戒备，从不防御，来去自如，这样的人心足够的纯粹与真诚，赤裸裸地呈现在人们的眼前是那么优雅高贵。

人们从不抗拒人心的善美，也从不拒绝善美的相随，所谓的人心换来最弥足珍贵的也仅属一颗纯洁的心与一颗真诚的心稳稳地相吸在岁月里，站在荒凉的残垣断壁上静看远处夕阳无限好。

人心换来绝对的人心，无畏岁月更替冷暖交加，远处都是一片怡然的风景，心与心相对，人与人不觉凄悲。哪管花凋零几许，只求此情与其共老，不必问岁月深浅，天地与人心共永。

人心相换，绝对得不到公平的相对。任何的用心付出都会得到不相同的待遇，不匹配的相待不是私心化的谋取就是厚己鄙薄了他人的用心，更多往来的裂缝也只因为得不到平等的用心而产生了不同程度的隔阂。

透不过的窗纱，看不清的面目。概论起来，有情总被无情伤，总也在付出过程中丈量以后收拾不堪的倾注。精神所以狼狈出逃，只是因为一开始付出的不值得，用尽全力地抽身离去也难以抹去曾经的感情倾注。

当你的真心难以滋融真心，也总在付出之中倾斜后的愤慨。其实人心相换，难以平衡其中的斤两，真心不外乎付出轻与重，轻重丈量也只有计较的盘算。

一经盘算，轰然倒塌。真心相付，不容相较，除非仅仅用于交换与利用。

如若这样，不必往来。

人心叵测。有心偏偏在利益之上的钻营，恰巧的遇见，纵然你曾有多少的真心，到最后你所得到的不过仅仅是别人唇舌上誓约真心相对的名义所能换来千疮百孔的截然背对。

当然了，你的人生也必经几个回合的折腾与周旋。折腾在不平等的待遇里深陷挣扎着所有的不甘，周旋在丈量着不相等的得到里扑朔迷离着所有的质问。

宇宙太浩瀚，人与人的相遇相知有时只不过路过，人心相换太多也只是擦肩。别人为了种种需求而各赴其途，你的千万次回眸，若等不来一次的义无反顾相对，你留下一条退路，以备深情地行走在自己的盛大修行里。

真心难等，并非人间真情菲薄了你。可知，机缘难求，而满心满眼的相欢隽永，寻寻觅觅实在太寥落。

知心的人，总是经过相同的际遇平平仄仄走来，不必多说无言也默契神会。

我想说的就是，每一份来之不易的福分，总得有过几回悲伤疼痛的身心折磨。

漫漫人生路，所遇人心相换诸多不等的极大反差，而你的心不因邪恶而魔化，不因欺诈而邪逆，留下一条退路优雅地转身，让过往且随疾风一一遁离，若你真心不变，苍天亦不弃。

人心叵测，不必对换，凭心而行，终成正果。

人心叵测，始终善美，需要一线光芒。

人生为名为利，熙熙攘攘。终究，敌不过时间的验证。真正的仁慈，绝对不会被名缰利锁沦肌浃髓。

而这人世间，蝇营狗苟、趋炎附势的人俯拾皆是，再大的都抵不过一颗安然的心。

而这一颗心的安然，不易。它需要德行的沐浴，善美的浇灌，真挚的慈悯。

凡人行世，威武乃刚。尽管人心难相换，你总得保持着自己的刚正风骨，一个人的江湖，难免刀枪剑戟相迎，也难逃腥风血雨，你的善良需要换回真挚的实意，也并非一个门板一个钉的绝对。因此，你的善良，需要保有一种不被伤害频繁刺痛的本领。

纷繁复杂，喧嚣不止。与人相逢，本着善美往来，偶遇伤痛，也属自然。人间有疾苦患难，祸躲不过，伤总难免。不幸之事，俯拾皆是。

当情帆已逝去，渐行渐远，不必念念不忘继渐淡化；当真心换不来真心，茶已凉去，独自一人不必黯然神伤；当善美置放人群不被珍惜，即使冷落，不必惶恐人间不垂爱。

人心虽叵测，你不必去窥探。你总认为自己的善美能得到同等的相对，你的善美并非有错，只在于善美的心而不能恰好地相逢一个绝对善美的人，你善待着一切的事物，总有一物在悄无声息间就善变。

善美，永远在世间留存着最透彻的情怀。可以浸透岁月的风霜，穿过人生的悲凉，破瓦颓垣弃之糟粕建造生命的领地。

人心难换，虚情遍地。常闭起俗世的双眼，盛享着生命善美的葳蕤。不必刻意追寻，清寂的心，可破空开启尘世的美。

人间没有风平浪静，总也得在几次的遍体鳞伤中猛然大悟，过往的伤痛际遇，就是生命之舟在波涛汹涌中狂风暴雨里驶向阳光海岸边，几经惊心动魄如履薄冰之后，任何的风起水涌你才波澜不惊。

你会发现，人间真情并不全是你险遭不测与危机重重时都误以你所以为的真心披付能换来的保驾护航。也只有这时，你才懂得，你的善良与强大绝不能支离。

你的善良，需要一丝光芒来照耀未知的未来。

人心难换，不必在不堪的挣扎里渴求着虚空的拥趸，你用善美换取的应该是一颗行走在纷繁复杂的旅途上能不被尘世丑恶熏染的清寂、纯净、通透……

人心换不来人心的相惜与珍视时，你的心始终如一着善美的飘逸，何处不是柔美斑斓？

人们的审美观无论差异千里，你的善美在山栖谷隐中云窗雾阁里飘然着静香精彩绝艳，这样的美，不必借寄他人的给予，也不用顾忌人心相换的得到，无形之中唯吾德馨。

你的善美，需要保持着不变的风骨，在悠悠的岁月里惊动不了你生命的安然，斑驳陆离间你的身姿如斯的风流蕴藉。

至高的善美不必换来，已属仅有。

云水归人

生命的至高意境唯独从岁月的深处踌躇走来，但凡抵达到通透臻境之处乃为天地人心已浑然成一体并集于云水为一色。

风烟俱净，便一眼万年；内心辽阔，则天地共融。说到底，心中有大自然便与大自然的韵美同在，流转不息入骨入髓。

那一片最值得眷恋的地方总在云深不知处，它源于生命最真实的呼唤。那是心灵最静谧安然的栖息之地，通常需要心魂与自然共行，也需要披荆斩棘地走过一程又一程的高山险水而姗姗来迟。

一旦遇见，遂见自己的江山。远远眺望那些绵延不绝的峦山叠峰，那不仅仅是一脉山河，它是生命在云水之间灵秀而磅礴，是心魂在曲径通幽之处深远而辽阔。

为什么会有很多人夜以继日孜孜不倦地翻山涉水来寻觅本我的自然江山呢？

或许是，我们都有一个共同的梦境。

将生命抵达到那一片蕴藏着水光潋滟、山色空蒙的大自然里如仙女一般悠远奔逸，还有把心灵置放到远处山庄的那一缕缕余烟氤氲，把意念别悬在山林之间那一根根遒劲的竹子中苍翠。这等意境，足以让人迫不及待地亲见这一幅生命如画的水墨丹青。

一旦相见，久久地迷醉在其境，不愿在醉生梦死里醒来。不愿醒来，因为此处便是生命最好的归宿。瞬间能拂去尘世万千尘埃，隔离一切喧嚣斑驳，让以往所有落魄过的心魂再度跃然在云雾缭绕之间风生水起，而后悠然恬静。

回到本我的状态，那是生命的静定，灵魂的纯粹，是离人返璞归真的归来。

何许人归来？远去的离人，还有寻觅而来的归人。

离人与归人，与自然不仅仅是邂逅，是生命与山水的重逢，重逢在云水之间里觉醒，闭上眼睛心无旁骛地静听鸟入深林，烟雨进松湖，复返自然相逢的本我状态。

世界虽大，也总会有让我们眷恋的地方。可我曾无数次地探寻，总是千回百转以后难能遇见，心难免怏怏不乐。只因，难以把生命与大自然同相栖，就无以亲见生命的大意境，大气象……

只有一处，在远方也在近处，在梦境也在眼前，它隐隐于层层重叠的云水山间，只是非得有心人携带着一颗虔诚的心并与千呼万唤之方始亲见。

据说，此处是：邕州・上林。

县城历史悠久，有着深厚的文化底蕴与独特的风土人情，坐落在邕州城外的腹部近地，那里的山水之间，吐露气韵万千，风光无限旖旎。

我，不得解。便翻开明人徐霞客游记。徐霞客被称为“千古奇人”，“达人所之未达，探人所之未知”，所到之处，探幽寻秘，并记有游记。果不其然，邕州・上林竟然是徐霞客最为眷恋的地方，竟驻足于此恋恋不舍留宿遍迹五十四日之久。

愕然间，惊醒过来，时不待人。我便匆匆启程，探寻生命意境。

初到邕州・上林大龙湖，已近黄昏。峰回路转，几经周折，终于景色映入眼帘，夕阳西下，余晖斜照，视野陡然开阔，放眼望去山水连绵逶迤，山峰成群碧海云天，远处山寨依山而建错落有致，我仿佛看到山峰回转，云在飞游风在悠扬，听到山寨村人在说话，牛马在私语。

这一草一木，一山一水，令我内心涌现出一种无法言说的喜爱之情。无论是波光粼粼的江面，还是层层叠叠的云雾，又或是连绵起伏的峰峦与山寨那袅袅升起的炊烟……

此时，恰巧夕阳红渲染了整个大好山河，真是一派天地之间绝无仅有的美景。

我踱步行走在岸边，一直一直地往前走，已然不知深处，叫人流连不已。只因一缕斜阳，可以道尽千回百转的心情，又何尝不是一种绵长的思绪？一缕斜阳也好，一声暮鼓也罢，只因我来过，终不悔。

心如初，阡陌归来，天色却在山外阑珊，锁不住时光，拆开时光的结，可否走近见过生命的真实状态？

没有风花雪月的缠绵悱恻，没有花前月下的浪漫缱绻，但邕州·上林大龙湖是如此质朴真切，多少年来不曾混浊，一如既往地沉淀出这世上最深沉的意境，让每个来人都是入骨入髓的恋恋不舍。

想必，唯有大龙湖如此得天独厚的自然风光，撩人心魂，才配得上我们苦苦追寻的生命意境吧。那不仅仅是风光无限，应该是人一旦相近便能立刻感受到生命最真实的状态，而这样的状态是一颗搏动的心与大自然相对呼应的紧紧相拥吧。

但愿，生命与大自然同在，心间保有山水而不枯。

此时，我不是来客，而是归人，戴着斗笠披着蓑衣，在大龙湖上乘一叶扁舟缓缓归来。

是，走在尘世转回云水的归人。

生活的尽处

壹

生活的尽处，那里有柳榆相拥，春光无限。拥有的代价，就是一个人用一颗绝对虔诚的心，走过一程山水一路云烟。即便孤独与寒意，亦不在悔意里颤颤巍巍，生活需要如此，是天意难违。

因此，生活注定不平凡。

贰

任何的恐惧，是你所不愿在夜里共枕。人生的路几经崎岖曲折，生活的快乐总是潜藏在未知的下一步，宁可步步惊心，也不愿让恐惧之魂纠缠不休。

叁

凤凰涅槃，浴火重生。有些时候，总要在水深火热里扑腾，也总要置之死地而后生。抗拒不了的磨难，注定会令你的人生有非同寻常的成就。

肆

人间冷暖，总要几番以身相试；世态炎凉，总经几回以心相受。后来的你，才恍然大悟，人生路上走着走着，多少人渐行渐远，都是因为彼此各奔相宜的心而去。

不必守护今生的情，不必再续来世的缘。

伍

人生匆匆，奔赴的心究竟走到何处是安然？一生所求，曾几何时懂得放下才是成就的基本。当，你不再过分地盲目，或者是狂妄地索取，这时的你，应该是付出一切才是得到一切。

欲壑难填，是人心不足的贪婪，纵然得到一切也终将覆灭一切。

陆

最理想的活法，就是恰好。

无论得失与荣辱，不计前嫌与后生，凭着心的感觉淡看花开，静观花落。

凋零也好，重生也罢。这一刻，身心并不因为形势环境而负重，即安然自在。

柒

红尘滚滚，岁月如流。是时光使人奋发，不是因为你拥有的太少，而是因为你的生命该是拥有该有的，而时不待人，前行的路上不是每个驿站都是你的归宿。

岁月静好，凭心而行。俯仰之间，不愧于心，总会遇见。

捌

时常把心听雨，听那一声声敲进心坎的禅音。清脆而通透，浑然而纯粹。

把心听雨，用天然的声音洗去尘世的烟尘，遁入心底的那一声声，才是你最真实的语言。

你有多久没有临窗独坐聆听雨声，你就有多久没有听到你久违的最初的心声。

玖

夜里的风雨，抵不过白日的雷霆万钧。

你的夜，需要独守在幽暗里细数白日的光阴与际遇，虽已成过往，人因经历而明智，事因过往而彻悟。

白天是一切发生，黑夜是一切答案。白昼与黑夜，都是时光在细说生活的点滴。你的用心，应该是穿梭在时光隧道里共行。

拾

当你走着走着，生活的尽处遇见了久别重逢的你。

那时，你已经双鬓如霜，容颜不再。忆往昔，你至少可以曾经意气风发地搏击过，耕耘过，付出过，失去过，痛苦过，喜悦过……

结果不是最重要的，重要的应该是人生的过程，每走一步都有自己的风景。

生命不止，奋斗不息。只因命运交响曲一直贯穿着生命的全部。

你听，你的足音快慢停走，都是生活的音律。

感受生命的存在，感悟生活的点滴，感动人生的赋予，感恩你还好好地活着……

壹拾壹

生活的尽处，仍然遗世独立着你的风骨，不改初衷地对自己生命的脉脉深情。

你从岁月的幽深走来，浅浅地渲染着独有的生命色彩，或浓或淡，若隐若现，怡心怡情亦怡人。

所谓的慈悲

题记：——慈悲为怀，人之性德，觉悟根本。慈悲的前缀，加上“所谓”以后就区分“真”与“假”。可人间总有诈，善恶终有报。在这真假难分鱼目混珠的现实生活里，只有通过时间来验证结果，终会有真相大白的一天。

无论种种，善恶美丑，总一朝分明。你若要赢，先输得起；你若善美，于世安详。

壹

所谓的慈悲，不是用来诱取。邪恶，终将会真相大白；所谓的善良，不是用来掩饰。面目，终究会暴露无遗。

造谣生事的人，向来喜欢捏弄惑众；他的最大本领在于可以把黑白是非无穷无尽地颠倒，也可以把人心进行殚精竭虑的妖惑。

在众人面前，这样的人往往喜欢扮演，扮演成彻头彻尾的假慈悲，扮装成世间最需要怜悯的受害者。这样的人，通常是罪恶的制造者，也是善良的伪装者。

因此，如若这两者身份都不是他所拥有，他难以安放那一躯恐惧的灵魂，也只有以伪装的方式混入清正慈安的世界里苟且偷生。

自古以来，正邪不两立。这样的人不是不明白，就是活得过分明白了，索性在这正邪的缝隙里偏向着邪恶为非作歹，又可以利用“慈悲”

为怀来庇护。

不然呢?

不然，内心得不到所谓的平衡以及别人的“尊崇”，于是，妄想着以不择手段百般狠毒的方式平衡着内心失陷，从而得到别人的“尊崇”。

你不去惹是生非，偏偏有人与你来煽风点火，抹黑诋毁。

一次就好。如果，变本加厉地不断组织别人对善良的心穷追猛打，就是目中无人，欺人太甚。

在这时候，善良就需要一点锋芒来显露了。

有时候，有些人的犯贱一旦到了极端，其嚣张跋扈的言行已经构成对他人的一种威胁，那么，也只有给予相应的疼痛才能让他不再狂妄放肆。

从某种程度上来说，算是对此类人的一种救赎。

不然呢?不然，会无限地伤害无辜人的心。

善良的锋芒，需要在特定的形式下适当地闪现。这也是一种对生活的态度，一种对人格的维护。

有些人心，病态在无限地蚀骨沉沦，得治。不治，将殃及无辜，人心不安。

所以，需要治。

治的方法有千百种，对症下药，恰到好处。

狠毒的方式不必多取，你好好活着，活得活色生香来，你就赢了他；你好好地做，做到风生水起来，他自然就矮化。

若干年后，他原来曾一时欺人太甚、威风凛凛，终究，敌不过时间验证的那副狰狞嘴脸，最后，落荒而逃，凄惨一生。

你需要相信，持之以恒地秉持着善良行于人世间，绝不会违背着良心去追求人生的理想。尽管，命运多舛生活也有波折，保持着善良的心，不失去魂魄的风骨，不对权势仰之弥高，也别失去该有的阳刚锋芒，你的生活不会输给小人。

终究，在几番较量之中，不必非一比高低，你会赢回自己的他一生所难以攀比的尊贵。

贰

真正的帮助很纯粹，纯粹得毫无私心杂念。说到底，就是一开始就不求索取。

不出于纯粹，大多都是假借“帮助”的外衣，用所谓的“良心”来量化别人付出与产出的相等比例。倘若，不成比例，又将语重心长促膝长谈一番，这样的人，随时恐慌不安在他“帮助”的亏损。

他滋长的本性，是通过了计较的方法形成了用在平常生活上窥视人心需求与弱项的高手。

在恰当的时间，窥探别人的需要。常见，以蝇头小利的给予来填补别人的生活需要，最后以慈悲大发的“付出”，诱使一个人死心塌地地贡献。甚至于，以这样变相的方式获取别人的感恩之心或是知遇之心来俘获信任，并以此塑造起自己对别人无限温暖的慈爱。

他的聪明，是学会了见风使舵地根据人心需求所设计的规划。堂而皇之地收复了一个人所有的劳动成果，以“慈悲慈善”的心变本地将他人的价值体现在他的算盘之上。

当，设计成型也是毁灭在即。

付出与回报，不成比例时，他们认为，他们一生的“培育与慈善”可能不再产生所索取的价值时，已经没有了收获时那一张满脸堆笑，而是一种你所体会不到的刻薄与苛刻。

如果，还是一直未能达到，所谓的人性在这个时候，完全只剩下了残忍人格尊严上的削弱，你从他们手上的宠儿瞬间就转变成脚下的遗弃。

而真正的慈悲，应该是慈爱众生并给予快乐（与乐），称为慈；同感其苦，怜悯众生，并拔除其苦（拔苦），称为悲。二者合称为慈悲。

虚伪的慈悲，应该是——如果，不再有利用的价值或是不再是能为他满足获利的人，那么，将近被攻击和遗弃亦在不久。

这就是一种温吞的平等主义与圆满的自以为是的作为。

很简单，如果在他眼里你没有能力为他的利益需要赚取，他会一味地去“帮助”吗？

当然不会。

他会更多索取曾经给你“帮助”过的榨干，并且在一定的时间内榨取精光，绝不留情亦是复仇一般撕破脸地也要拿回曾经的给予“帮助”。

因为，在他们眼里，他们的伟大的“慈悲”曾经在万千人面前仅仅给予了你的巨大“帮助”。他们可以翻手为云覆手为雨，因为他们认为就是他们的大爱无私成就了你曾经的一无所知，圆满了你曾经的一无是处。

然而，这仅仅只是一种用“帮助”换取相等价值的私人化交易。没有谁去成就了谁，也没有谁去度化了谁！

这样的人，人心不古。惯常于把人玩于股掌之中，恶作剧般地不断塑造人生的理想，妄想锁尽别人基础上的生活追求只允许在他们的领域里存活，虚情假意以万般的“指导引领”误导了人的根本价值的实现。

这样的人过于丑陋，用“帮助”赤裸裸地圈住人心向往高处发展。只许，领域视线之内的追求，不可超越他所设定的圈子。

狭隘的心性，促使着一个人越发惶惶不可终日。他的百般计算，机关算尽也不过围绕着他盛大的私人利益化，一经有人离去，他就把矛头直指道德层面上的升级不断口诛。

人，显然间已经成为一种奴婢。没有了平等、尊严与人格，还谈什么理想与成就？

与之同行，这不是让人如履薄冰吗？

虚伪所表现出的慈悲虽然看上去温和而带有同理心，但是并不平衡，而真正的慈悲能创造出强而有力的行动，并在一个人的生命中产生持续而长远的影响力。

叁

真正的慈悲不仅为潜在的问题带来理解与洞察，它还协助人们面对问题并且成长。

佛门也说，“无缘大慈，同体大悲”，这是真正的慈悲。这个慈悲心是从本性里面生的，自然流露的，是清净的，是平等，是对众生绝对的尊重。

如果你能觉醒，就能发现真正的慈悲并不是一味地行善救人，而是以全然地接受自己内在的阴影，以无分别心的存在，用心去唤醒众生或帮助众生觉醒。

虚伪的假面，伪装的慈悲，是永远不会懂得为别人，而更多的仅仅是为自己的利益去钻营算计，所以余生难能觉醒，注定悲哀余生。

有些人的觉悟，需要一辈子去修行。而有些人所谓的修行，一辈子也学不来什么才叫作真正的慈悲！

巷子深深，古道亭长

曾几何时，已经不再走过巷子深深，古道亭长。

大概是因为生活需要，忘了儿时那一条条巷子深深的廊道；那时，笑声可以打破苍穹划过时空，透过漫天的岁月风霜，穿过花格窗前青砖飞檐，绕过朱门黛瓦门庭院灯……

斗转星移，时光飞逝。忆儿时，总是有乡愁，总记得庭院、天井、亭台、楼阁，还有矗立门前的那一棵不老松，是时光不老呢，还是记忆犹新？

时光不老，物是人非；而记忆犹新的应该是当年的明月与清风怎么就如此透彻，连建筑物都那么古朴自然，过去的一切因为都已经难能复返，一切终将老去，一切终成历史。

而人，亦慢慢地变老，只是生活让人太折腾，搬迁落户又转移几经周折方才安定。

淡忘了一些曾经，又忆起一些曾经。曾经走过的巷子深深古道亭长，倏然间，在都市的繁华里怎么也寻找不到踪迹。

都市啊，灯火阑珊处，怎么还能寻找得到当年的旧事遗物？怎么嗅闻也没有那一股泥土的气息味。

曾一度，无比怀念儿时的情景和景象，怀念着一群孩童结群地唱童谣，玩游戏，和父母从门房探头吆喝着回家吃饭睡觉……

曾一度，无比怀想，如果自己长不大，父母亦不老，愿一直在巷子里捉迷藏，愿一直在庭院前捕萤火虫，愿一直在父母的臂弯里撒撒娇，愿在庭院的青石板上留下更多的足印……

我曾经来过，而今，我已走过。我想回头看一眼，竟千里之外。

偶尔车船劳顿穿山越水，回到曾经的地方，当推开尘封已久的大门，怔怔一看，恐怕已经不记得我儿时的脸庞。

虽然，记忆犹新，可一切物件随着风化雨打已经斑驳，庭院石板青苔布满，户外杂草蔓延，少了生机与人烟，多了一份凉意与凄清。

常年闲置，庭院成空，人亦无踪。那些老去的物件依然挂落，只是经了流年，岁月沧桑催万物容颜不再，尤其无情。

庭院啊庭院，人终归是一一离去，你可曾记得起谁曾经来过？可曾记得起又能否认得出我现在的模样？或许你仅记得儿时的那一笑声和哭叫声。

我记得，你承载着百年的风雨，经受漫天的霜雪，让一代代的儿孙在庭院深深里安然成长，有哭有笑，有喜有悲，有相聚有别离，还有挥之不去的爱意浓浓，烈如火焰；

我记得，你盛装着几代人的安康，迎来送往一个个属于你的家人安居，接纳着高朋好友登门造访，也不拒风雨来临的静定。

风来，入怀；雨下，听心。那瓦上一串串滴答滴答的落水声，似乎是前人走来的足音，又似乎是远足于外的家人捎来的一声声问候，又或是父母千叮万嘱的喃喃细语……

庭院不老，年龄徒长，催人去往庭院以外的大世界奋斗。然而，放下了庭院，取得了都市繁华，却少了一份宁静，多了一份喧嚣；少了一份情怀，多了一份惆怅；少了一份牵挂，多了一份念念不忘……

巷子深深，古道亭长。人碎碎念，心忧忧愁。

念过往，儿时的那一群人都还有谁想起了谁？忧愁起，泛起一阵阵推浪而来的思乡愁绪!

浪迹天涯的人儿啊，你可曾记得起家乡的炊烟袅袅，就飘挂过你的屋顶之上。

日出而作，日落而息，日复一日，年复一年地步入十年不愁二十不悔。

然后背井离乡在外三十而立四十不惑，直至到了五十知天命又到了六十耳顺七十古来稀，究竟有几天属于内心在想念着植入骨魂里头的巷子深深古道亭长。

人间，最美好的时光，就是在不愁不悔的年段，这些年足以让我们到了耄耋之年甚至到一把灰烬时都念念不忘。

情长从庭院起，爱意从巷子生，孝恩从古亭长。怎么让人割舍得了这一份养育与乡愁呢？又怎么让人忘得了父母给予的慈爱与安定呢？

今夜，我又只身踱步到邕城一座庭院，从廊道缓缓地走到中庭到前院轻嗅花香静听流水潺潺，轻步在青石板之上看水下鱼儿追逐嬉戏，烟雾缭绕，仿佛回到了儿时的庭院深深，抬头一看那青瓦飘檐石墙挂落花格窗一扇扇，又一排排的宫灯点红旁有青枝绿叶相映衬，醉了心扉，痴了念想……

无限遐想，无比怀念，思绪在奔逸，泪眼渐蒙眬，心灵在呼唤。顿然间，回到了儿时的感觉——纯真而简单。

当，遇见了本我———思无狂，意无邪，念无妄，行无过。

巷子深深，古道亭长，在这四面筑味岗厦的清净之处，勾起了过往的所有回忆，久久地难以平息内心的感动……

生命的意境

生命的意境，在于博观而约取，厚积而薄发。

生命是一张宣纸，出世便铺展，入世便卷轴。留给后世的要么寂静无声，要么惊世沸腾。一经着墨不可抹去，笔墨之间的人生，非常人难以企及的意境叫藏品，超越过常人并起到绝世的留墨叫珍品，世间仅此一幅绝无仅有的叫极品。

这一着墨，定格着生命的意境深浅。或浓或淡，或隐或现，或虚或实，或映或饰，都是生命的写照，生活的缩影。衬托而来的无限江山，就是你一生的图谱，也只因为你的存在成就了自己的意境。

意境，有深亦有浅。

意境深远，一望无际且耐人寻味。山外有山，云外有云，怎样看去都是一种深远而富含着意境的韵美，怎么品读也悟不透其中幽深的玄灵。

意境浅显，一眼望穿苍白空洞则了无兴致。虽有山水云间，只是都过于苍白显现，不经品鉴已溢于表，不必审阅已得透见。

自然地流露，源于饱满；扭曲地显现，出于虚空。真正的生命意境，亦如此：

一枝一叶，一山一水，一起一伏，一错一落，无处不是恰到好处的体现，它自然得以流露又浑然不知它的韵美与深意。

它与浅薄的表露不相近，与夸张的背后不符合，更别说与虚无缥缈能相拥隽美。

生命的意境，是一个人走过岁月的沧桑，唤起觉醒的灵魂，自然之间把生命点缀成从不刻意的修饰。

铺开尘封已久的宣纸，恰似一个从远古走来的人，她曾朝朝代代穿越，看尽人间烟火，而不媚世欺心，远远看去，那美轮美奂的躯体撑着一把油伞惟妙惟肖地从历史的彼岸上轻轻走来。

生命的意境，无法言传，只能意会，既然如此的真实存在。

你的意境，一般是你所不懂，只有通过时间的沉淀才会在某些时刻纷发幽香，越久越弥漫出芬芳。

生命的意境，需要有一颗质朴的心。它毫不掩饰，因为没有过缺陷，不用掩人耳目，怎会欺瞒天地人心呢？

你便是你，不必借用夸张虚无来做盾甲对决真实，并不需要决一胜负。不必一决，已经高低优劣分明。

当，你不再是你，已是输去万里江山，处在岌岌可危之处已俨然疮痍满目。

如果，没有时刻地感受到真实的心，就不会体会得到的生命意义；没有经历过风雨云烟，又从何谈起生命的意境？

意境，就是生命早已有山水人间，自得情怀铺张。

有些人的人生画面风光无限，山水绵延富丽迤逦，仅细细一看，光表面鲜彩却败絮其中徒有其表；有些看似平凡无奇寥落几笔，虽只是简单留白，认真一看饱满意境底蕴深厚……

有些人为了藏意守境，化成一滴平静的水，面对人间波澜起伏而不惊于世。有时候，输给小人也不愿败给自己，某些时候看似赢了小人，也会输给了自己。

意境不散，宠辱不惊。生活就是大玩家。你，若要一直成为生活的赢家，得学会输，学会忍耐，学会担当。

始终相信，不一样的人，做一样的事，在生活面前自能分出胜负来。

同样的笔墨宣纸，有的人用尽了掩映的方法极力表现出万千色彩集于一体，他的需要只不过是华丽地变换成一片哗众取宠，却从不知那些高人为什么如此沉敛，为何久久不肯把自己的画示于众人前？

阳关三叠，深厚内涵，不同常人。他们持着禀赋来深耕，秉着谦卑来细作，夜以继日追求着一种常人难以忍受的煎熬，这份煎熬就是孤独者一心所向追求着超越本身的极限，乐意并接受挑战着重重的阻碍与所有常人说不可能的借辞。

最后，当所有人在路途上因为满足了此前的造就而沾沾自喜时，唯独他的背影总在后者的前端一深一浅地砥砺前行，一刻从来没有亭台楼阁的驻足，带着一路风尘走在陌上花开匍匐在岁月的深处……

每一幅画面，都是一种思想的述说，有些欲说还休，有些直抒胸臆，有些含苞待放，有些大合大开……

有几人能寥寥几笔，便道尽了人间的山水云烟的韵美，他的心与大自然相互辉映，必然一直藏有山水。从一开始，已有了内心的一幅常人难以企及的大情怀，大气象。

思想因经历而深邃，生命因波澜而磅礴。

生命的意境，在于敢在岁月沧桑中化蝶飞舞。一着墨，便能跃然于宣纸之上，翩若惊鸿、游若蛟龙一般的活灵活现。

生命的意境，需要用心、用灵魂、用生命的每一天，去领悟鹤翔天空的飘逸之美，霜折百草的自然之力，去领悟蝉蜕尘埃蝶梦云水的清莹之魂。

如同，在岁月沧桑里回首，遇见一场花开，醉生梦死在其中。这番境界，完全在忘我的状态下陶醉，而自然也因你的陶醉而妙丽。

佛曰：一花一世界，一叶一如来。

生命的虚无，只在我们无法认知的人生世界里；生命所有的意义，都在我们有限的时间和感知之中，在刹那永恒的记忆之中。

常与山水相拥，把内心的山水与眼前的山水相辉映，用灵敏的感知来体会当下的意境会耐得寻味，你便在山水之间的淡墨里素简地点缀了无限的江山意境。

拥揽本真

今夜，让灵魂游走在夜色一端从容穿梭在忽暗忽明的灯火之间，任凭思想奔逸在宁静之中无尽地逍遥，让心灵倾听着光阴的寸寸流逝。

曾几何时，忘了在这样的夜思索着路过的点点滴滴，似乎是尘世的纷纷扰扰覆没了人在宁静中的安好独处。

那是，人生太匆匆的缘故吗？还是岁月催人奋发所不敢停歇？

不是。应该是一个人随着匆忙而抛离了生活的重心，身心更多地偏离在匆匆之间，每每夜来临蜷曲在疲惫不堪里沉沉睡去。忘了夜，竟是如此静美，也忘了天籁之音如此妙美，更忘了最曾经的本真。

究竟是，因为喧腾的日子忘记了留守一份本真，还是因为本真按捺不住孤独的侵袭所出逃呢？

都不是。

本真，与生俱来。

生命若在，不曾离去，不消散去。

盛大的修行，非以达目的地为圆满；拥揽着本真，非以日夜兼修方得始终；事实上，生命的本真，就是善良的伴侣，如影随形。

本真，于生命之中无时不在，是人迫于生活选择了忽略本真。它，并不是不在生命中存在，有些选择迫如火煎，当放下了本真去选择时，你就放下了生命的善良也就失去了最初的心。

我们，都只是俗世凡人。有些依靠着修行来维持着生命的善真。而真正的修行目的又是什么呢?

修行，固守一颗善真的心而不被俗世熏染，以一颗干净的心禅定在自然界里追求无我的境界，以一种慈悲为怀的善念度化众生，以一身的清正驱逐万恶的狂放。

修行，简单来说，是在寻找本我与守护本我，是在提纯生活的精粹与提升生命的质量，也是在心与身修行得以融会贯通，更是人与大自然之间的无间融为一体。

修行，不论岁月斑驳陆离风云变幻，世间离奇怪诞冷暖善恶，不因一切亵渎了生命的善良本真，也不因一切失去了本我慈心。

拥揽善真，就是修行。

它的意义在于提炼身心的禅静与慈心本我的不弃不忘。修行的觉悟，终于懂得，生来如此的本真，行将就木时也不过又追忆着本真，就是过程啊，让人无尽的迷乱……

本真。

一个听着看着就舒坦的词汇，像颔首低眉时的那一丝浅笑，像禅定时那一样的瞬间花开，更像默默站在屋檐之上的那一只朱雀。

它，流转着一躯不朽的灵魂，体现着一种干净的思想。无论何时，自然善真的表露尤其唯美。这等发自于内心的本真，难以修饰得来。

岁月不饶人，逝者如斯夫，时间一去不复返。当我们在感慨人生世事变幻之快，亦有惜时之意在其中。这人生的过程，总是在得失之间就倏然走过或丰盈或残缺，岁月的弄堂于人来人往不计其数或离去或陌生。

人生，在于丰盈；心灵，在于恒润；思想，在于觉悟；生命，在于觉醒。说白了，本真若在，一切就在。

人，始于觉，渐于醒，行于缺，终于圆，别于寂。

完美无憾的生活，总是在几经周旋迂回里走来。有些人，走着走着什么都得到了，竟不知失去了本真的心；有些人，追着追着生活的匆匆脚步，回首间一无所有仅剩一路的疲惫与不堪。生命的终结，一声叹息与唏嘘间闭目，终归是过去，终究是过往。

我所欣赏的人是能在变化无常里拥揽本真，在得失之间丰盈着生命的意义。但凡这样的人，通常在他的人生字典里显现着这等的态度：

不计得失，不屑过往，名利皆浮云，不过我本真。

不耻耕耘，不慕红尘，熙攘人来去，不过守本我。

守得住本真就是雪底苍松，遒劲不减，风骨依然。

失去了本真，你就不再是你自己。某一天，突然之间惊觉自己已经面目全非，毋庸置疑，从失去了本真的那一天开始已经沦陷在自己的陌生面具之中。

多少人，最终为在寻找自己中彷徨余生？又有多少人，在最后的光阴里为失去本真而无尽忏悔。

天地盛泽着拥揽本真的心，不用避开尘世浮屠，始终善真既往慈心，谁人那事又如何敢奈你哪般呢？

拥揽本真，天地人间，风烟俱净！

细数人来人往，有多少人丧尽良心害人祸世，他唯利是图无利不往，纵使得到了一切也毁掉了一切。

他的一切，从失去本真开始已经是积攒了恶果，当苦不堪言时，才懂得自讨苦吃。

人心向背，是天地不容。

日月不老，生命不息，拥揽本真。常听到温心暖意的弦乐，悦耳动听入心的迭起，一声声高低沉脆，一调调悠扬飞长，一曲曲山谷缭绕，不息的禅音，久久地回荡在空中、在心间……

拥揽本真，是不朽的生命献礼。

尤其是在夜里，静听，这一刻似乎是破空而来的禅音，低吟浅唱，婉转千回，云水在呢喃，山林在私语，禅意在飘然，那应该是本真的灵魂在欢歌吧……

痴一味

知一味，痴一味。

有些孤独，冥冥之中已是既定；有些际遇，在千转百回后顿足间。孤独与际遇都不是偶然的，是必然的相逢。人生的修行，就是遇见生命中最纯粹真实的自己。不曾缄口否认过往的迷失彷徨，也不敢不承认在各色人等来往之间大多都擦肩而过，终究还是自己最熟悉的寡欢一味最是怡然。

生活的诡谲之处，有时琢磨不透。你不懂下一步将与谁相遇。有些时候也总是，遇见与遗忘的相等加减，平常日子里反复轮回，久后心生倦意。当过往人事无从忆起，大概是未曾入心入魂过。当然了，也不足为奇，那是没有刻骨铭心的相付，必然不会有念念不忘。世间纷繁，知音寥落。未曾遇得痴心一味，又怎奈不寻觅？

我，曾无数次地深夜盘坐深思，不解这人世间终极的善美一味，将会是在哪个亭台驿站相逢，我带着孤独独行，也带着种种拷问与期待前行，追求着一种人生的完美，追寻着一种无憾圆满。反复思量甚而不知，世间的美好，是不是需要进行一场千山万水的长途跋涉方能相见呢？还是需要进行一番置在水深火热之中浴火重生才能凤凰涅槃？

恰一盏茶，曾经相遇种种，我只是一个过客；也或许是诸味种种，每每过舌仅是浅尝辄止；不入味，不同类，就不在一个语言系统里共鸣，就绝对没有割舍不下，也从未曾日夜牵念。

因此，孤独行走间如是所迷失了我自己。尤其是在夜里，仿佛已沦丧在不得一味之中万般唏嘘……

但是，始终相信，得失之间都是命中注定。有些孤独注定要走完一段路途以后，才能盛欢在痴心绝对的深欢里醉生梦死。对的时间，遇上对的一味。恰当那时，恰相见。

有些相遇，需要漫长的过程。非得在百般的周旋折腾里倾尽青春与虔诚之后，用披心相付换来彼此深深懂得。任何的深深懂得，彼此之间都是从岁月的深处孤独地走来赴应。寂寥的背影，不是谁人都读得懂这一份深邃的含义，也只有他们能不用语言就深得意会。对的，岁月沧桑直叫人老去，始终坚信守得云开见月明，柳暗花明又一村。宁可孤独亦不违心把生活屈就成不入心的一味。

或许苍天眷顾，将近不惑之年，竟偶得一味，因此痴心，渐之绝对。不知为何，如获珍宝的这一份茶叶，让我喜极而泣，起初源自舌尖上的味觉韵味十足缭绕不休，而后如饮甘露一般的干净直抵心间。竟让我几番猛然起座，我不懂这一味为何毫无征兆的相逢却来得那么晚呢?

我，琢磨不透。索性，不想如此费神非要弄个明白。此时又再次生火煮水焚香摆盏将得来不易的这一份茶叶轻放在陶壶中，且等品饮以后在亦淡亦浓之间解惑。

屏声敛气，端盏而饮。在舌尖上来回滑动着，瞬间猛然起座，这一味，竟如此深藏不露，带着孤独的那一份通透的清高之态，携着一份天地之间浩瀚冰清之气，直接撼动我心魂。这一味，就是破空而来，浑然天成，一味即可见血封喉。恍然间，天地同在，人茶不分，叫人流连在迟来的这一味。毒，好毒。

一味入喉，魂牵梦萦，不曾有亦没之一。

与之相对，我须沐浴更衣以后临近山水而盘坐私语，每每相对，久别重逢一般无比的惬意。无须言传，内心已进行一番暖暖的对话。

看你，缓缓走来，肩披轻纱，衣袂飘飘，从千古而来，带着明朝古韵，是帝王有根，惊鸿一瞥，就在今日恢宏出世。

品你，千年孤独，百炼成味，深居山谷，从风雨中走来，与佛同体，是修身成禅，静美如斯，氤氲出非同寻常的幽香。

而我，千转百回以后，带着疲惫不堪的心，恰好停留在华宝山的古道亭台里憩息片刻，欲起身前往，恰好你来，恰好我在。

彼此奔赴在深情相拥的此刻，定格此时久久不愿醒来。所有的孤独，终归有宿命。只怨，相遇太晚，岁月太匆匆，使人苦等，消人憔悴。

这一遇见，可拂去万千忧伤与疑惑。此时此刻，盛享着禅与茶，水与火，气与味，韵与姿，无尽地演绎着千古的传奇绝唱。

我的孤独宿命，因知一味，痴一味，而已足矣……

也总是在夜里，隔绝着尘世万千的浮动，哪管窗外风雨来。与这一味相见，如同觐见明朝建文帝，惊见九五之尊，威风八面，仪态万方，治国安民。仿佛看到千年以前的你，集于一身浩然之气秉承着天地之间的灵气，风雨不改骨节，不畏朝代祸乱与更替，守得住一脉江山独揽一味至永恒不变。

你，从千百年孤独里姗姗来迟，没有惊天动地的气势，踏着诗意平平仄仄地走来，化身成为让人难以忘得了的端雅、干净、韵美……

我之所以迷恋至痴，应该是我所苦苦寻觅间不断选择与放弃之后的生命需要。恰好，知一味，懂得一味。彼此的懂，入心入魂，是修行得来……

我，甚幸。终，痴知在这一味，暖暖地懂得。

恕

壹

江湖多风波，有人就有纷争。有些博弈看似不占上风，那也并不真的败，只因固守着与人为善，而不想赢了小人。

不想赢，不是真的赢不了。

这与懦弱无关，是不愿在周旋里拉低自己的生命质量。看懂不识破，保持着自己原有的风度，它与智慧相关。

若是赢得小人的伎俩，大概还需要更高一筹的阴谋诡计。纵使可以识破并予以反击，也不必非两败俱伤收场，恰到好处并保持着一定的高度即好。

智者的回击方式，应该是敛冷于眼，裣裙而去。让人撕心裂肺地回击，从来不必歇斯底里地对峙。所有的对峙纷争，无论形式种种，一陷进去就难以清静。

夜，风来。拴系在窗边的纱帘随风悠悠然，动的是风来，走的亦是风去。纱帘也不过应付一番，终归还是静止。至于，风遁走千万里以外的何处，纱帘还是纱帘。

人的来去，都只是过客。真正能撩拨心弦的那些人与事，大概不仅仅是随一番轻风，一番吹动能让你变成了不是你的样子。

不必从风，亦不应雨，浮动的心，岂止于周旋？

恕，难从命。

在岁月里把所有相遇当歌，抵挡着风与雨，深浅里轻轻地走来，风采依然。

贰

总会在一些事情的末端之上，引起众说纷纭，各抒己见，虽说智者见智，仁者见仁，最后是是非非任凭飞短流长。

你会发现，看热闹更多的就是围观里外三层的人，哄笑一番，寻尽乐趣，饭后谈资。而这样的人，习惯于扎群议人长短，擅长于引风落石，往往以聪明人的角色站在审断的高台之上紧系着绝对的正确论证，胡编扭捏事实成是非。

有些话，伤及人心，一辈子将成烙印。

人，伤人，不可恕。有时并不懂伤有多深，更不知道受伤的人或许因为蒙羞而影响一辈子的前程。

不想被伤，也总有被中伤。这就是人群之中的江湖，有些不在台上，不是明枪，而在台下也在暗箭。

所有的纷争概括来说，不是在山穷水尽处险阻重重，就是在人生得意时登峰造极。低处有低处道不尽的苦，高处有高处说不明的寒。总之，伤害总是在得到与失去之间所防不胜防时趁机而入抑或是你周围的人本身就已经在违背着种种规律。

交友不慎，并不是坏事，也总得在错的交往里伤及了心之后遇上对的人。

所以，人生的逆转顺境，都是在行走的路上。

恕，不远送。

曾经的过往，无论种种，都是厚积。

叁

有些话，听听便是，浅笑安然地过着你的日子。太认真，偏信偏听，真正的伤害，并非全部在于别人给予，而是自己过不了自己，也只因为，听得太认真，丈量太仔细，误入人云亦云之中云雾蒙蒙。

多么好的人，都会有中伤诋毁的风言风语；多么坏的人，也会有赞誉的飞传神颂。

更何况，好与坏，是与非，本来就鱼龙混杂，而真正的江湖正道，只数不邪之士。可，纷繁复杂又有多少不邪之士能够从容行世呢?

生活，本来就图个安心足矣，也难免人来人往里也有不安好心，狰狞的心性善于用慈善的面具来伪装。诡谲层出不穷，正因如此，本能的警惕却难安得了这份心。

有些时候，有些事情，你得轻饶恕放着，太计较就会伤及身心。

尽管，你已阅人无数，皆知岁月沧桑与人情世故，真正的安然也唯独是那一颗置在尘世间已尝试过千百回又不停止过试探的心。

不论岁月变迁，人之无情，你伤过，痛过，恨过，哭过，悔过，最后生命的丰盈是这些年来这些伤害过你和不如意不顺心的欺负成就了你的精神高度，撑大了你的胸怀。

折损心智的往往不是站在高处审视问题，更多时候是人在高处时不胜低处的抨击，即使身心不累，折腾间已让人奄奄一息。

你，所不甘心的不是能有多么高的情怀备受轻薄，应该是你所在的高处与厚重不成正比时的倾斜，尽管图得一时的远瞻，最后，还是重重阻碍遮挡了高处的风云。

有些人与事所触及不到，是人在高处，心已截然冰冻。

人情过于冷，但世间仍旧有温暖。而，一个人的价值取决于所在的位置，你的心若在冰霜里纠结不休，必然寒冻三尺而不释化；你的心若在暖阳里拥抱光阴，岂不是于蓝空明媚中感受人间的暖意？

《太甲》曰："天作孽，犹可违。自作孽，不可活。"这句话什么意思呢？意思是说"天降的灾害还可以躲避，自作的罪孽，逃也逃不了"，这句话常常用来说自作自受的意思。

然而，自作孽的人，通常不懂得恕己亦不懂恕人。因为，所有的枷锁与负重，是自己给自己铸上的。

智慧的人生，从不刻意记过，只有深省与应对。

恕，不败给谁。因为，一直行走在自然的规律里且饶人饶己随遇而安。

恕，放过，且，心宽。

因此，心安理得，问心无愧。

愿你独秀一枝

壹

落寞，就是那一颗心行走在空洞里无所依存的游荡；独秀，就是那一颗心置放在空谷间岿然独存着幽香。

落寞的心，习惯于热闹处翻腾来借此填补灵魂的寂寥，于是纵身于其中寻求同类的身外狂欢，以狂欢的各种形式暂别苍白的凄凉。

独秀的人，守得住清欢控制得住妄念也按捺得住孤独，于寂静之处踽踽独行投射出迷人的色彩，岁月荒芜不了遗世独立的风骨，岂止是清高？

女子的独秀，婀娜多姿，落落大方，不招摇过市亦不媚态妖娆。眼眸之光，澄静如水；姿态之内，举止优雅；风骨之间，英气流转。

欣赏这样的女子，于人世间，所到之处英姿凛凛，不输于任何形式上的扭捏故作。

媚态，源于索取众人注目；妖娆，来自扮装惹人侧目。不同于独秀，独秀不存在与此同类，独秀的类别区分，是从来不需要引惹旁人注目，做好自己活成韵美，不应众人所趋之若鹜自成一枝空谷幽兰的孤芳袭世。

贰

愿你能在各色人等中独秀一枝，恰许生命的最高礼赞。

独秀一枝，最具有资本的存活，它的支撑更多地表现在精神层面与思想高度的浑然一体。

你可以涉世不深，要保持本真；你可以不问尘世，但要与尘世同行；你可以养尊处优，但要耐得苦寒；你可以披心相付，但要得失不计；你可以一生所向，但要进退自如……

你的底气，来自生活的历练；你的强大，来自人间的困顿。始终相信，思想的深度与疼痛的程度相等；底蕴的深厚与知识的积累相衡。

人，能恬淡地活着，不在于攀比身心以外的美，应该是内心那一份无论在何处都随遇而安的适应，也应该是面对宠辱得失拥有一颗波澜不惊的心灵。

拥有一颗绿色的心，枝柯之间托射出阳刚之气，苍翠欲滴的身姿就是德行的沐浴，生命的怒放，就是挚爱的浇灌。

叁

尽管，素履之往，独行亦歌愿也；即使，踽踽独行，清风不招自来。

独秀一枝，不用引凤凰栖，已成梧桐；

遗世清高，不用与世争锋，已在云端。

与姹紫嫣红不争，不屑百花夺艳；植根于寒土，隔绝于声色，沉敛于底蕴，越久越吐露芬芳。

一生所依，所依不在于旁人抑或寄望于谁人。独自在寂静之中，岿然成为一枝风雨所摧残不了的独秀，不依靠谁来扶持，心身直上苍穹。

愿你，独秀一枝，伫立在斑驳的岁月里活成尘世的风姿。

独立，但又不离群。

每当群芳喧闹时，你守得住清欢，就能拥揽得了一世琼香，站在悠悠的岁月是那么笃定。

生活从来没有让谁卑微地低眉折腰，也总有人过分地仰慕他人的独秀而沦陷在尘世的落寞同类里折腾。

成不了别人的风骨，也画不成自己的风骨。

愿你，独秀一枝，你蕴藏着你的韵美，不必效仿与追随。

独秀一枝成为你的样子，方能礼待余生。

不刻意，成诗行

壹

前阵子，看了一部电视剧《白鹿原》，直接反映当今社会深层隐藏的种种现象，淋漓尽致地体现出人性的善美与丑陋。

剧中的鹿子霖父子绞尽脑汁为得到族长一职明里暗里算计邻里白嘉轩。他为得到族长一职而机关算尽加以迫害。族长之位高悬未定时，恰在迫之如火煎的鹿子霖万万没有想到最后自己竟然落选，而白嘉轩得到的是民众的簇拥，不争反而顺理成章入选族长。

话说这个白嘉轩，自从族长父亲已故，族长一职便虚位以待，看似不争的白嘉轩本来就无意当族长，恰恰在这个过程当中自然就变成鹿子霖的眼中钉，所以鹿子霖恐惧不安。

白嘉轩自然而然就成为鹿子霖误认为的构成了极大威胁的掳夺权力者。

贰

说到这里，反映出两个有趣的事情。

其一，有些伤害，不是本身你去做了些什么丧心病狂的事而得到的报应。用现在的话来说，你什么也没干，结果躺着也中枪。追根溯源，还是因为人在江湖。

躺着中枪，不足为奇。本来就拥有一颗淡泊名利的心，在别人眼里就是隐藏着心怀鬼胎的图谋之心。

事实上，善良并没有过错，只因在特定的环境里，名利本身虽与己无关，竟因为有名利所在形成争权夺利的战场，躲避不了也无意在名利场上追逐，可偏偏就行走在名利场边缘之上，所以就是要接受着不该有的种种迫害与灾难。

说白了，你所处的位置，决定着你的境况。而你的境况，隐藏着有多深的刀光剑影，就有多大名利在潜伏着腥风血雨的不休争斗，一切的斗争皆因名利而生也因得到而存在。

其二，有些得到，越想拥有，就越发不得，越想不要，却越发降临。

鹿子霖父子可谓机关算尽，原任族长未入土时就已经虎视眈眈着谋权篡位，可见居心叵测。

在群众的眼里，事实上很明亮。虽说鹿家的家境与地位在村庄里算是比平常邻里好些，可为什么总得不到民心所向，心怀不轨的人无论怎么掩饰都难以掩盖得了一颗蠢蠢欲动的心。

鹿家的如意算盘，尽管悄然敲打，也瞒不过日常言行上的纰漏，人们的心中关于权势的拥趸也仅仅是建立在能济世扶桑造福人民。

得到，若不是建立在民众人心的公允之上，都是一种过分的得。任何过分的得，都不是人们的容许，不容许则难以服众。真正的权力与名声，绝对不是靠收买得来的稳固，飘摇的基石都是过多的妄敛仓促的建立，纵使得来，也是粗糙。

说到鹿子霖，也正是巧取不成反活成粗糙的反面教材的小人。白嘉轩，不刻意，不妄念自形成纤尘不染的君子。

鹿与白，本不相争。鹿，对权力的魂不守舍，要以争来得；白，对权力的不屑一顾，反而不争自来。

叁

关于名利，经得起考验的不是有多少人对你的赞颂，前提应该是你为人们做出了多大的贡献或者是做出了多大的牺牲来守卫一方疆土的昌盛与安宁。

如果，平日里白嘉轩不是拥有一颗舍己为人舍生取义的善心，我想他也不会无端端就得到民众拥戴。关键在于，白嘉轩本来就没有想当族长的欲望，只不过秉承着人性的善、真、美去服务于群众，因此自然而然形成口碑。

鹿家至终万万没有想到，权力不是靠自己去争取得来的，而是靠群众民意的公正选举得来的。

因此，任何的得到，若不是建立在以人为本的基础上，都是一种扭曲的索取。

后来，白嘉轩为什么又愿意当族长了呢？我想这不是名利的使然，而是为保守白鹿原的纯朴之风，改善白鹿原的贫困疾苦所担当重责。

说到底，若是一个人品德鲜褒，足以让人望着弥高。鹿子霖违背了初心丧失了品德，因此沦陷；白嘉轩遵循自然与民意，守得住一份不沾染权力的疆域，所以崇高。

肆

从剧情上来看，白嘉轩并不是当上了族长为己谋利，更多的是深入人心为民众排忧解难，甚至于几番变卖粮食换取改善村庄的安宁。也就是说，民众的利益高于他自身的利益。

很显然，白与鹿两者之间的差距在于，前者不争，只求付出，后来民心所向颂赞飞远。后者刻意，终究事与愿违，长风疏绻所有的妄念。

淡泊与谋利相悖，演绎着两种截然不同的人生写照，体现出小人与君子的最后判决，彰显出慈悲与险恶的最终报应。

从生活的柴米油盐到名利得失的恩怨情仇，一一对照了当下生活中存在的丑与美、善与恶的鲜明对比。

佛家讲因果，因果报应有两种情况，一种叫作花报，即现世报应；一种叫作果报，即来世报应。如果一个人行恶之后迟迟不遭报应，是因为他的前世或者祖上阴德积累得厚，恶缘暂时不成熟，而一旦等他把自己的福分折腾没有了之后，果报将很快显灵。这就是佛家所说的善有善报，恶有恶报。

道家讲缘法。道法自然比较平民化的真实意义："人效法大地，地效法上天，天效法道，道效法着整个大自然。"也就是说，整个大自然，都是在"道"的管理之下，按照一定的法则在运行着。

伍

名利，让人无所不为。

虽说人之初，性本善，原来的本性澄澈如水，有时控制不了欲念也会污浊不堪，为名为利残害无辜。

多少曾被人们颂赞冠以公仆的称号横尸在权与利之上被埋葬。终于会明白，只要内心澄明，品德不败，哪怕身处乱世，风云骤起，日子亦可以从容安度。

拥有多好的心态不一定能永恒，在特定环境形势下的人原本就纯真善良，也会在利欲熏心的引诱下变成无所不为，然后走上万劫不复的道路。

真正的永恒是行走在波澜汹涌的人世间，你的内心不起一丝丝的波动；是漫步在斑驳陆离的岁月深处，你的灵魂始终保持干净。

爽籁发而清风生，纤歌凝而白云遏。所到之处已形成一缕春风蔚然轻拂着众生。

不飘摇，是人生；不刻意，成诗行。

挣扎，在于不甘

舍不得，因为不甘，所以放不下。

不甘，在于内心不平衡，所有的不平衡，也只因在权重之间所犹豫不决。说白了，害怕失去以后的惶恐不安与追悔不及。

放与不放都两难时，人就会在极度痛苦中无所适从。人之所以有选择，绝非偶然，那是生命的过程里必定的选择，无论顺逆得失或是福祸生死。

你经历些什么，这个过程有多大的刻骨铭心就有多痛的领悟。领悟到了一定的程度，思想就到了一定的层面，人生的高度就是在岁月无情里有情地继续着诗意的行走。

你，没有变了本质上的追求，就不会在得失里彷徨了脚步。

真正最难的不仅仅是选择的犹豫不决，而是在于鱼与熊掌都想兼收之时又难以得到的那一种内心的苦苦挣扎，于是乎在迫着选择的面前只能游离左右之间的模棱两可，简单来说，妄以时间推托来撮合两者的兼有。

越是在意，越是在在意里失意。

然而，生活的优雅，不是与生俱来的，从仓促不堪的脚步里慢慢懂得心需要从容，身姿需要留下自己的风骨，不求雁过有声，至少不曾过分地贪婪嘶吼人生的愤恨不平。

当抱负未能抵达，圆满仍旧残缺，那是未成正果的修行，学会了有些东西不可索取，有些东西不能刻意，于得失面前豁然开朗，就没有了纠缠不清的患得患失。

最好的情怀，在于磊落，如深潭微澜，推波及宽；最好的态度，在于明朗，如朗月照花，清风拂面。

拥有这样的情怀，不会自私狭隘；持着这样的态度，不会浑浑噩噩。

能让人神志不清的往往是错觉。怀揣着过分的要求自以为是的盛拥，直至所有的拥有慢慢远离而去，后来不甘于不辞而去的拥有，又耿耿于怀。

枉费心机拼命在本不该过分的拥有，黯然神伤在意失去后的耿耿于怀。

轻松生活应是如此：

得之我命，失之亦我命。不陷入得失之间博得拥有的假象来盛泽苍白的人生；不强求在自然来去的苦苦乞求怜悯自我的尊严；不攀比在名利之上的寄托来依附光芒的环顾。

至高的情怀，虎奔云逸，龙跃风行，不屑于过往云烟，怎会挣扎于过往种种？

生活的折腾在于得失轮回，圆缺更替。耐得住种种变幻，就守得住不变的情怀。

急不可耐的心，太想得到或者是太想赢，都是心与自然的违背；放不下拿不起，都是一种生活的挣扎。

如同一个人对一个人的深守，之后留下的背影无尽的苍凉，暖意不再有亦无从寻觅那人的踪迹。

有些人，只是暂时在一个驿站相逢，当看尽了繁华苍凉袭临，敛裾而去的人是心所不安在继续的未知里深守护。守护不了最初开始的那一份炽热，就抵挡不了后来的凉意。

多少人都怪命运不公，偏降临于困苦直至遍体鳞伤；然而，又有多少人会摆明着态度去审视一生的活法。

依我之见，深陷于取舍，沉沦于得失。不愿意为舍弃买单，就在患得患失间徘徊。

无所适从，情何以堪？挣扎，不过就是心灵之上的狂乱，所依依不舍着所谓的付出与得到不平衡，权杖计量着名与利、爱与恨的比重。

人心的倾斜，就是不满，挣扎，就是在于不甘。

旁邻离异，膝下二子。财产与儿女反复衡量，都重。也不舍得轻于一方，纠缠几载，仍无果，痛苦不堪，欲生欲死。

孰轻孰重？

总得抉择，必定的抉择。要么，破镜重圆，要么舍一取一。

于是问，该如何选择？

我说，必定的选择，越快越好；都痛，先医治一痛，放下一痛；或者是，用一痛盖过一痛。

后来，得知他选择了儿女，我敬他是一条汉子的同时也为他感到欣慰，没有什么可以企及一个人处在低谷里能奋力一跃出迷人的高度更具内在力量。

终究，会走；终归，会回。于生命里让我们割舍不下的而是太多选择。

若没有了退路，你会破釜沉舟，背水一战。不谈输赢得失，即使败了，也虽败犹荣，败得壮烈，不必乞求巧取在委曲里求全，也不需要在狭缝里生活，裂开一痕让阳光悄然进来，不用折腾成内心的暗地嘶吼，纵然百般呐喊也听不到幸福的叩问。

人生，至少要对生活的态度保持着一贯的明朗，就赢得了活在阳光里的烂漫生活。

输不起，什么都拿不起。赢不了，才会不想再输；赢了，也会再输，得到了，也会失去，人生的丰盈，不正是如此吗？

厄运不断，优雅不散。直至以后，总得选择着安然自在活成比以前更好的自己。

第三辑

俯身细看，原来幸运从不曾离开

俗世里东奔西突，往往受挫或碰得头破血流，你开始怨天尤人，以为命运从不曾垂青于你，反倒是捉弄于你。殊不知，在你酣睡沉沉时，她一直在为你料理琐细，一直为你洒扫人生的厅堂。幸运如她，一直都不曾离开。

前 半 生

壹

岁月峥嵘，不觉将步不惑之年。

人到了这个岁数，岁月叫人沧桑而留下的一道道深深的印记，大概是时光给予的前半生，让人用这般的回馈来证明吧。

或者是，关于生活中的刻骨铭心，通通用在容颜上来描述领悟吧，要不，怎么会与时光共老，与岁月同行？

四季的更替，有多少风云的故事都在与轻风细雨轻吟浅唱。前半生的过往，又有多少烟雾缭绕的非花非月，而我们究竟是耗尽了多少的青春来雾里看花？又用多久的时间伫立在楼台亭阁痴痴望月？

终归，是用青春换取刹那间的大彻大悟，前半生用似懂非懂来换得后半生的深深懂得。

人生是换取的吗？

从某种意义上说，同等的付出，并不是都会有相对的回应，用尽前半生的折腾与尝试来换取后半生的领悟与平和，有些时候，并非能透领到极致。

思想不到极致的参悟，生命不尽全然的觉醒。

人，因疼痛而生有大悲；然，又因慈悲所能了然。一悲一喜，一忧一伤，一哭一笑，一退一进，反复轮回，忧忧怨怨又纠纠缠缠。

终有一天，悲戚会戛然而止，因为懂得生活的经历都是恩宠。

前半生，是风吹麦浪，跌宕起伏；后半生，是风平浪静，波澜不惊。

人，翻过得了风浪，就走得上彼岸。

贰

等来，某一天。一扇窗口闭合，一扇窗扉敞开；一只杜鹃欢叫，一只喜鹊飞远；一树花开鲜艳，一排芦苇枯萎。刹那间，懂得天地之间道法自然，无论谁人都抵御不了岁月的荒芜，无论何种际遇都难免生死与离合。

规律，不容人与之相谈互换条件；青春，不让时光逝去做修复容颜。

一物降一物，一花凋谢一花盛放，生命是一场喜忧参半的结合体。

人间，所有的追悔，都是恨不当初。余生不悲，了弃种种，不必悲痛欲绝在余生。

始终相信，所有的过去那半生，都是灵魂在复苏的过程，也是生命终将觉醒的过渡。

余生不悲，生命苏萌，终有觉醒。

从远处，深深浅浅走来，离之而去的种种风光旖旎，前半生不过只是奏鸣曲，真正的施展应该是余生有朝一日的惊鸿盛放。

不为谁，只为余生久久的平静。活在不恨不怨，不悲不喜，整个世界竟如斯的清静。

前半生，你我曾枉费了心机，太多的渴求事实上都不是前半生能拥揽，当极力去追逐后，得到了大喜，失去又大悲。

大悲大喜以后的余生是平和。

叁

伫立在窗前，皓月又当空，又好像那一道明月光，已不如当年那般皎洁，像你我走过了千山与万水，翻过叠叠云烟，历尽艰辛险阻，终于走完了半生。

那我们终极的追求，不是结果吗？

有些结果，并非如愿的美好，致成面目全非来换取一种玲珑剔透的生活，用残缺的心来修复残缺的心，然后成全所有的美好，可偏偏总有瑕不掩瑜。

我们总认为，我们的理想生活应该是拥有更多，当我们的品级达不到享受的标准时，就是品级不足以支撑更高品质的活法。

我们总以为，我们所追逐着的余生里应该是暗香悠久烂漫如花，可曾想过荆棘丛生走过多少里？又可曾隐忍过多少暗伤？

红尘的路啊，曲折离奇，哪怕不染烟尘，人也在尘世之中行走，咀嚼五谷杂粮，过腻了柴米油盐，看尽了诸念一起又一灭，光阴一暗又一明，人间烟火也正是如此缭绕不息。而你我，也只是穿梭在其中的那一缕缕云烟，生活记不起你我，你我已在生活中……

前半生，总是在不公平之处，让我们险些变了本质地去追逐。尽管如此，我们还是忘不了放不下一些曾经，这生活啊，如此让人披肝沥胆又百般地刁难着余生的安定。

前半生，注定了不平凡。

肆

时光啊，随着远去。人呢，越是老去，越是少了妄念与欲求。剩下的是无所畏惧地走在余生的日子，不悲过往，且行且歌。

如果，你能，那必定尝试过千百回彻骨的冷，最后那潇潇的风雨再也无法侵蚀你的心骨。你的暖意，不畏无情风雨，不惧霜冻寒冰，完全不需要依附任何的炽热，便可燃烧起一生的热烈。

当细数着渐行渐远的那些离人与旧物，突然之间，那些生活之中大悲大喜与际遇里的大起大落是前半生的造化。

造化弄人亦笙歌。半生迷离，不过人之过往。

生命觉醒了，余生从此不悲过往，不畏未来。而你我，不过是用前半生的颠沛流离来换取余生的半世安详。

前半生是曲调，后半世是欢歌。

先悲后喜，先败后成，先失后得，先缺后圆。愿，前半生驶出茫茫大海，任一叶扁舟乘风破浪而来，换来不再是波涛汹涌，而是后半世宁祥安然。至少，你我生命曾经不屈就，不将就过悲戚偷生。

伍

月还是有圆，花还是悠香，窗前那些鸟儿来来又去去，万里之外云卷又云舒，一切都没有变。

悲喜相交，一半也一半，生了又灭，来了又去，习惯了自然的规律，活在随遇而安。只不过，用了前半生的青春来铺就后半生的安定。

前半生是故事，在后半世每每道来，是如此含有深意，丝丝入扣。也只因为离奇，所以精彩。

这一笔足足用了前半生来点缀了延绵逶迤的江山，怎会不丰饶富祥？

假的佯装

壹

假，总是在仿真。也必须效真，才不至于把假折寿。因此，假与真两者间在人的面前容易被蒙蔽，受伤的也仅属于善良的人。

最后，到了最后都是时间来验证。说明曾经以往的种种，布公于真假黑白的昭示。

善良的人，终极的考验是不陷入与假周旋，是不沦落在比毒更邪。这里说的意思就是，不同化在邪恶里。

纵使受伤也不因此放弃过善良的本质，因此，有些时候宁可选择了伤己也不会为保全自己而去伤人。

唯独，这样的理性，不至于被邪恶熏染。

假意的人，雕琢不了美的盛行，其言之凿凿难以入木三分，越雕饰越是凌乱。尘世的伤，太多因假而将纯真埋在荒芜之地，从此，不敢相信能以倾心换来该有的真情相对，得不到相应的待遇，就成为封锁那时曾天使的心。

不因假而乱了本真，就不失陷在假意里耿耿于怀。纵使有千般的理由，也不必与假讨回说法。

活成尊严，不输态度，暗香盈袖。

贰

其实，人对了，心就放到了安然之处。澄明尽现，相对的内心都是一块明镜。

天高云淡，胸无宿物，真与真相应才能够如此隽美。

真心换来的并不一定都是真心。至少，你曾如清风拂面，你本心是通透，就不必计较在意在他人不清的感觉里游离。

拥揽明月，一如既往，自得春风。

叁

生活中的人来来往往，亦有如此。

假在真的面前，更理直气壮些，更冠冕堂皇些。

为什么呢？因为怕识破，狼狈不堪。

如是真的心，不需要像作假一样的彰显着真的言行，来去如风，不曾留下罪名的痕，所以从不存在恐慌。

真正的假，一开始就是按捺不住像真一样的自然，无论言语还是行为，恐慌着失陷，失陷在良心的谴责。

如果，这样的假会恐慌失陷在良心的谴责还好，至少不会坏到丧心病狂地害人，最可怕的假，是内心隐藏着狰狞的面目，张牙舞爪地潜伏在谋害的钻营之中。

你也只有相遇到假，才懂得真的美好。这时，会多了一分慎防，多了一分严谨，多了一分理性。

邪不压正，不必较量，输赢已定。

肆

不出于自然的都不是纯粹的心。

简单来说，来自于天然的一泓甘泉，不需要过滤就可以引颈而饮入喉甘甜。不来自于自然，需要过滤，过滤什么呢？过滤污渍，人为的净化，层层繁杂，种种抑制。

害怕不利，所以防御。如果，心是真诚，言行磊落，掷地有声；如果，言行似水，利于众生，不屑于争。

听过多虚假的话语，就有多深厚的污垢；听过多玄乎的言辞，就有多虚空的内容。

见过真心实意的人，都是拥有着干净的灵魂。照见自己，并非能照见人心。人间冷暖，镜中悲欢，人予真假，自能照见。时光是镜，真是明净，假是暗沉；时间是心，虚假离去，留下真诚。

真心，稳稳坐定，不曾摇摆，已成魏松。

伍

本质上的好，不需要检验，一接触就真情荡漾，干净的内心，清澈见底，甘之若饴。

真，有态度地活着；假，模仿的追随者。结果，画虎类犬，东施效颦。

有些事情，用遍体鳞伤的换取锻造成就；

有些皇冠，用百般屈辱的拷问才承其重。

因此，总有些伤会在生活的路上伏击，也总有些人当假到极致以后自焚化烟。

安然无恙的心，是久久的感动在那一种至真的淡泊人群里储存，生活不曾欺骗了谁的真，是过往需要你所面临着见假择终见真惜予。

如同，一个人对另一个人的好，恰似山与水的相栖一体，互不干扰又彼此在相拥之间，脉脉含情，不需言辞，暖暖地能与岁月共永。

真心，不必多说，自能照见，照见自己，也照见神明。

陆

真心，不必刻意流露。

它，藏在眼眸之光，极为柔美；它，隐在眉宇之间，尤其朗清。

庄重的心，源自一开始就以真心赋予生活。

真，岂止于真？这分明是一个人庄重了自己也体面了生活啊！

只有真，配尽拥趸；只有假，备受排斥。始终相信，心有多真，生活就有多明净。

善良之所以能厚待，是因为真心所憾生。人，活至极致，是品尽了人间冷暖，看尽了世间真假，仍然保持着一份盛世的冰清与通透，体面地安享着内心的清静。

不假亦冰清玉洁，一眼望尽，透见清净，无比纯粹。

你，何尝不是如此呢？本身就是如此纯粹，别世故太深。

出水芙蓉，纯净在世。

带你，退隐江湖

江湖，就是恩怨与纷争。要么，相忘江湖，要么，共走江湖。

有人的地方，就有江湖；有茶的地方，就有地位的悬殊。

人与茶不同之处在于：人的行迹于有形有声中彰显品质，而茶更多在这色、觉、味里诠释生命的价值。

其实，茶与人的江湖道义如出一辙。最终，以相行为伍，背向为离。

谈茶性，谈人性。刚烈与刚烈成圈子，柔和与柔和相惜，厚重与厚重同体，醇香与醇香为类。

因此，人以群分，物以类聚。

狂傲与狂傲同类，敛蓄与敛蓄同性。无论种种，就在这偌大的江湖里鱼目混珠，只有对弈才分出胜负优劣。

始终坚信，善恶与好坏，经时间考验后泾渭分明。

人，地位与名望的巩固，靠德行与慈悲。

茶，地位与声威的稳定，靠品质与体感。

茶，一入喉便懂性情；人，一发言就知习性。遇到了对的人，相对一见会心一笑，天荒地老。遇见了对的茶，不约而同丝丝入扣，从此不忘。

笑看风云，笑傲江湖，人间的正道不恰似茶道吗？把生命的价值体现得淋漓尽致，把心魂痛痛快快舒卷张弛，把真我性情豪气干云到底。

瑕不掩瑜，劣不胜优。拥有怎样的底气，就有怎样的胆识与气魄；拥有怎样的品性，就有怎样的名望与地位。

人，在几经折腾里，知根知底；茶，在几番舒展中，见真见质。不拘于形式的懂，也恐怕只有茶，让人亲见到最原本的自己了。

然而，人与茶的真性情表现，茶似乎略胜一筹。它不阴冷，也没有阴谋诡计的钻营，却在无形无声中把人的心降伏，直接抵达到心魂的深处，让人痴醉到不愿醒来。

因此，有些人，厌倦了江湖，看破了尘世炎凉，当繁华落尽，没有什么更值得去留恋时，所有的一切终将烟消云散。

我想，退隐江湖之时，只带上懂我的茶隐迹江湖。从此，不问恩怨不念情仇，不提过往不忆曾经。

与茶栖，把风吟，听雨声。一人，一几，一茶，居于山水间不闻窗外事，只与茶私语，说入心的话。

倦了，与茶共欢；累了，与茶相依。人间的悲欢离合，江湖的腥风血雨，就在一盏茶里沉淀了下来。然后，氤氲出醇厚清香，散发在苍穹的气味，那是行走江湖最后的一个驿站，把胜败超然于外，把心身归宿于自然。

只有茶，可以披肝沥胆相印记，唯有茶，拂去尘世间万千声色陆离，让人静定；唯独是茶，叫人在几番拿起放下间，忘掉江湖恩怨情仇。

江湖险恶，人间冷暖。有茶在，就少了纷争与厮杀；有茶在，就少了膨胀与扭曲。与茶共老，就是人间江湖所有争夺后最好的地位。

三千功名尘与土，八千里路云和月。抛开一切，茶就是好的功名。

茶，有了万千滋味，如同江湖诡谲，用一颗出离的心来品茶就是品心，便可以从容地享受飞云过天、绿水无波的静美。这时，多大的成败荣辱，也只不过就是凡尘里的水，若掬来泡茶，就在茶里品见一世安宁。

我好茶，致使终日不可无它。

这个它，是我熟悉的圣种·四金钱，这味集天地之精华，汲日月之光辉，置于荒山野岭的高处，多年来持之的孤独不苦，成就极具甘甜，甚是平和。

因此，我对它万千宠爱集于一身。不对，应该是圣种·四金钱万千宠爱于我吧。总之，一日不见，甚是恍惚。因为，恐慌会神不守舍。那是不见了我自己一样那般的彷徨。

彼此间，入了心，着了迷。奈何能抽身而退？

唯它平复我的燥灼，还我以宁静，抛弃我的烦恼，给予我似它一样的安详。

与它同在，不念江湖。某一天，可以带着它扬鞭策马绝尘而去，远离喧嚣遁入那幽谷逸林间独居。那样，整个世界会格外清静，只要守得住这一味。

而这一味，就是江湖各路英雄豪杰所虎视眈眈的至尊权位。

人生至此，夫复何求？

人之尊贵

壹

写上标题，在思忖着以怎样的定义称之为尊贵，当之无愧的尊贵究竟是怎样的条件与标准?

我，不懂，也不敢妄下结论。但是，我知道绝不是以身份地位或者是钱财多少来区分。至于条件与标准的定位嘛，还没有更好的说法。

那，就先说个事吧。

前段时间，所属我“散文品读”微信公众号平台发出几篇文章，其中有一篇被平台的编辑人员放到了尾条。

结果呢?

恰好这篇文章的作者看到，于是，给“散文品读”后台留下了一句话。我看后，愕然，随后，脊梁骨发凉半晌。

什么留言呢?使得我如此反常心凉?

这位作者留言大概是这样：“我的文有这么差劲吗?为什么放到尾条?”单这句话，嗅闻到的是带着不满与气急，还有不屑与自傲，从字里行间托射而来，是刺骨的冰冷，是不屑的回击。

贰

这条留言的后面，是编辑慌张回复说：“对不起，不好意思，下次不会这样了，抱歉抱歉！

后来，我对平台编辑说：以后，但凡这类的文章就不必选进“散文品读”平台来了，咱还承载不了，也不必去承载。”

想说的就是，编辑应当拥有正确的方法应对。而这位作者应该是不良姿态，因心高气傲而生且不自知，从言行间表露的也是丑陋百出让人贻笑大方。

有智慧的人，往往不会有聪明的表现，不会所为表现出高人一等的“尊贵”，而人的尊贵也绝对不是名义上的称谓，真正的尊贵应该是足够的谦虚。

拥有态度且谦虚地生活，就是尊贵。

人之尊贵，莫过如此。

叁

在我看来，从古至今真正的好文，仅属于能够帮助到别人，字里行间以文载道影响人们领悟到灵魂与精神的高度，能真正体现出生活的意义与价值，能帮助人走出生活的迷茫与困顿，能够促进协调人与自然的融合，能够尊重一切存在的因素与热爱生命而著作。

拥有态度，与沽名钓誉相悖，与自视尊高相悖，更何况是文化人？

好文章向来入心，言之有物，不是言语华丽，泛泛空谈。应该是具有让人久久不肯抽离读后的那一番深深的共鸣。这样的共鸣所形成的应该是言犹在耳具有教育意义与澄明迷惑的益发。

每一种真切的得到，心灵会悸动；而这一份的悸动不用文字来彰显，应该是因为触动了心弦，瞬间恰拨开了层层云烟之后的万里晴空，放眼望去云淡风轻的豁然敞亮。

肆

越是尊贵，越不把自己的位置当回事。越把自己当回事越是自我贬低。

正如，老师所说：一个真正的文化人，应具备四种素养：根植于内心的修养；无须提醒的自觉；以约束为前提的自由；为别人着想的善良。

我想说，不仅仅需要具备以上四点，还应具备以下四点：

基本的自我认识与认识世界；谦卑低调的躬行与言行的自律；尊重一切自然的产生与结束；了解人之根本的追求与人心的平衡。

最好的态度与正确的态度，就是尊贵而不是纡尊的迎合。

拥有态度的低调生活，亦是尊贵。

人之尊贵，莫过如此。

伍

由此，又延伸一事。

朋友从远方寄来几盒茶叶，乍一看觉得这茶不太起眼，也恰好有其他的茶喝，所以暂时搁浅到博古架一角。

前几天，打开老化的包装，拂拭去茶叶上的尘埃，置于茶壶注入沸水，还未入口，奇香已是袭人，轻呷一口，像禅音一般直抵灵魂的深处，我不由得一惊，愣是半晌说不上这份尘封的韵美，岁月那么无情怎么都掠夺不了她的醇香与妙华？

怎奈得，留人口齿，幽香不肯休去呢！

我品着，品着，总是恐怕品完了就再也难寻找了，索性，我把这茶藏匿了起来，放到了最安全的位置。

不品了，因为怕没有了，藏起来，实在太想品了，就拿一丁点儿来解脱一下念想。

这茶，尊贵到让我又爱又恨。爱到骨子里，又恨着这么稀少。

拥有品质的存在，从来不需要过分外表的装饰，只需保持着绝对的品质，谁人一旦接触都会把你放到至高的位置。

陆

真正的品质，耐得起冷露与苍凉，直到某一天从来没有变过质的心，风骨依然挺立在当所有人都在拼命哗众取宠时唯它遗世独立，清欢守心。

品质，不是一朝一夕之间而形成的。拥有品质，就蕴藏底蕴，在岁月里往往深入浅出，幽香袭人令人醉生梦死。

拥有品质的生活，就是至高的尊贵。

人之尊贵，当是如此。

柒

尊贵，所被人仰慕。也仅仅是因为，并不懂自己优秀，然而低调谦虚地处在安然之处人不懈地追求着至高的品质。

这样的活法，与世无争。事实上，任何名义的“尊贵”都抵不过他的不争已成尊贵。

名正言顺的尊贵，不是靠索取而来。那是品质的厚重堆积弥高。

以为是，竟不是

壹

竟以为是，其实不是；不以为是，事实上已经名副其实的是了。

初见，见其人的作品。

我凝望双眼问道："您是画家？"

"哦哦，万不敢当，只是拙作。"从言答间眸光里，闪着一丝丝的惊慌，但是，我看到的是内心的纯粹与不入俗流的干净。

而在我眼里，这个自称不是画家的人，已俨然是一个画家，不当是且一如既往并谦逊低调着去追求着不是名利之上的作为，已经成为大作为。

虽初见，是映入眼帘一幅山水画，意境深远，气象万千，那一山一水点缀着无限江山的韵美，山与水之间的呼应，云与雾之间的叠影，处处皆是诗意。

墨染宣纸之上，是她心中有画，这幅画顺应着天地自然，曲线婉约，若隐若现着一个人在行走，乍一看匍匐在朝圣的路上。我愿意相信，她正是画中人。

作品好到什么程度，姑且不论。她，分明就是画家。至少，在我眼里她不是哗众取宠沽名钓誉的浮夸者。

这人世间，唯不自以为是更不会妄自尊高的人安然独存。

不当是，冥冥之中已是。她，已经活成一种超然于物外的高度，形成一种淡泊名利的境界。

我，因此欣赏。

也并不是我个人对其作品欣赏，应该是对人处在斑驳陆离浮光声色的日子里能持之以恒谦虚低调着行走所发出崇高的礼赞。

贰

前些天，原相识的友人，持着一幅书法作品与我探讨，当说到其作品时眉飞色舞好生得意。

说话间，伸出一个手指头在我眼前："如今啊，已经飙升一万一平尺，估计一两年呀，有望……"话罢，伸出两个手指头晃我双眼，随后，双手捂嘴发出让人顿觉寒碜的怪笑声。

最后，贴耳对我说，赠予我一幅。

我，笑而不语。然后，说："算了吧，我可没有这个命能藏好，再说了，兴许哪天会糟蹋了你的作品，你还是收着吧。"

我看着他，顿然间明白他已经从原来的那个人变成了一个我现在所不认识的人。

我也宁可不愿再认识现在的他。至少，我认为他与真正的画家相隔太为殊远。

简单来说，过分自以为是，通常浑然不觉就陷在俗世之中不可自拔，那是一颗不自知的心被功名利禄缠锁着还以为此刻凭恃着什么是人生的至高荣耀。

反求诸己的人，往往看不到自己的好。一个真正被人们看好的人，应该是他所能潜伏在极不平常的日子里平常地活着，其品性与能量又隐隐地涌现着非平常人能有的见识与谦虚。

一个人在人们心中的位置与分量，并不是因为有什么过人之处或是别人所不能企及的功名，更多的应该是他极为谦虚地生存在品质之上的岿然独存。

叁

飓风过岗，伏草唯存。

站得越高，反而姿态越低；熙熙攘攘，默默者生。

山外有山，云外有云。从不自以为是，就从来没有过当成是。

人们所赞赏的也应是一个有着足够的谦卑并清高的行世，每到一处留下的是宜人的风景。

有些所谓的艺术家，旦夕之间辱没了人之尊贵。过于自以为是，竟真的不是，对艺术审美的追求本身就是一种扭曲。然，与扭曲自满的彰显博得人们的眼球，更多渴望着一种口齿之上的赞誉，其实，空洞得很。

好的作品，会说话。所谓的说话，不是作品本身的好坏，那是怎样的人就赋予怎样的灵魂高度。

多少人终日沾沾自喜在自我的成绩里享受着自以为是的莫大成就，无知地亵渎着艺术本身的自然美，自以为是的利欲熏心覆灭了人的初衷，心的本意随着崩毁在自以为是里。

现实当中，关于艺术在一些自以为是的人那里从此不休于舞动着人性的丑陋，以其形态彰显着丑态百出，以其自称独特傲慢了众生。

肆

社会的悲哀之一在于：

自以为是的人舞弄几下，戏耍几下，以包装出各种的至高身份盛世的横行。随后，被一群人在这样虚空假造的光环闪耀下疯狂地追捧着。

美与丑，需要一双发现的眼睛来辨别，才不至于让自己也沦陷在把自以为是像真的是一样来盲目地追随。

凡人行世，谦谦唯存。

《管子·形解》中有言：“海不辞水，故能成其大；山不辞土，故能成其高；明主不厌人，故能成其众；士不厌学，故能成其圣。”

足够的谦卑，就有盛大的拥趸。这份拥趸，绝非扭捏做作，是他本身就不懂得自己的善好，从不忘以低姿态行世，还一直追求着人文精神上那一份最具有尊严的低调活法。

不哗众取宠，不故弄玄虚，可以低成一粒尘埃，却活成高山流水一般的崇高深远。

殇否

壹

只有在黑灯瞎火之时，不必佯装成艳丽。生活不必夜以继日地粉墨登场，总有夜色在掩蔽着白日的一些鲜为人知的伪装。

这样说的意思就是，有些人所导致成两面性的生活，事实上是一种心与身的背离，所颠覆在黑夜与白天之间的苟活人世。因此，白天行走的不附体，都是一种形式上的存活。

唯在夜色独处，独醒。

也仅有这时，皆知白日醉态百出的疯狂竟如此不堪；也正在此时，白日里的热闹纷纷扰扰逐渐返回清静。要收复着一颗静定的心，就醒发在夜深的独处之间，细数白日时与人共舞着不成模样的小丑。

恰，如此般的小丑，歌已唱罢，话已说尽，周旋疲惫，歇斯底里字正腔圆，竟不知为了谁？也不知谁能和？

说到底，有些人的活法，侧重于形式之上。更多的追求在浓妆艳抹里沉醉，以此来体面着生活；更有将诸种熙熙攘攘来掩饰着内心的狂躁，以此寻求从未得知夜深独处的那一份恬静，也从未求得来，那不是生活的肃静，怎知岁月此般的静美之向？

黑夜的沉浓，可胜过白日里万千攒动。夜正浓，人渐醒，心渐淡。也只是夜，能把醉醒来，能把人唤醒。

细数白日的种种纷繁，独醒于世的人所能觉知世态。白日，有时候不是自己的心在行走，那是尸体迷情在不能自拔的功与名。

然，离心。

有时候，我们正是乐此不疲地沉迷在虚幻里自得其乐，将饶恕放在白日里自我狂妄。黑夜，又成了寻觅心的安放。

夜色，正浓。细数着真实的心与虚行的体而所不附，可知已离有多远？若是触手不及之处，或许，心已远，肌肤已冷，人正恍然彷徨……

夜深，色正浓。问心可离？

贰

幸福是什么？

站在不同的角度，有不同的见解。

幸福，是一枝芦苇，迎风而生，即使萧条，也不折腰地生活着，不攀比于大热大烈的姹紫嫣红，亦不求苍翠欲滴的昌盛繁华。

白日，低敛着心，觉醒于世，萧雅定然地活在岸明日清里悠视着那一道微波骤澜，那一条湍急深河，还有或远或近的云与风，一一沉寂在夜色的枝柯里藏香咀华。

幸福，是一秆芦苇。活在尘世，低着眉头，着眼于前，藏素抱贞，吐纳清香。

不似，白天诸物的纷纷扰扰所吵吵闹闹。

幸福，仅仅是真实的体觉感知，一点也不假，知足着大出于素静……

夜啊，降伏着一切白日的蠢蠢欲动，休止着一场粉饰墨装的哗众取宠。

喜夜色，越发浓，终在黎明之时已觉知白日的可为可不为。

夜深，色正浓，欲念淡之否？

叁

恍恍又惚惚，一日复一日，一春又一秋。多少个日日与夜夜的轮回，心与身是否交替着缠绵不离呢？

寡欲的心，不是不取，应该是取着恰如其分，问心无愧。白昼与黑夜，都是一如的心生来既定的人。

不变，是不沦陷在分解之中去谋算着苦苦的得而离心离德。无论夜有多深，色有多浓，心身相拥，揽一轮月光入睡，任一叶扁舟朝阳。

有时候白天不是自己，晚上才是你。而最安然的活法是不分黑夜与白昼内外始终言行如一。

听得见内心的呼唤，置身在其中与之轻细语，一番交杯换盏，一阵推心置腹，除了心懂身知以外，别人何必去懂你呢？你又何必非给谁懂不可呢？

生命的通透，在于心灵足够的澄净，才不至于以白日里的虚饰填补着真我的蕴含。

夜色说，夜太美，不愿白日在喧嚷。白日说，夜色浓，不愿朦胧看人生。正是如此，浓夜有夜的安静，白日有阳光的磊落，所形成白日与夜色的媲美。

而，我们的心与神，能否有白日的阳光匝地？能否有夜色的朦胧大美？

夜色，正浓。心身可隽契？

肆

尘世最美，不过心身共行日夜相拥。既有夜色正浓的朦胧美，又有白日磊落的阳光匝地。

于行于止，知行合一；于心于身，始终如一。

恐惧在黑夜或是白昼之间，都是一种心与身的殇情。

心与身不共行，是不共戴天的仇。白日的人与深夜的心，不同一类就难以有盛世的欢行。

隔阂的裂缝所丝丝不容。只因，有些伪身已然习惯，真实不复真实的本心，无以适从原来的人。

俗世的一些心伤，仅仅是不断寻找着自己，而自己竟被伪装成了别人，因此，一直让心与身走在崩离的路上……

心与身，魂与体，皆在统一否？

殇否？

尘世的殇

壹

人心，别去刻意究触太深。

太深了，心会截然冰冻的凉。人的心间，总有鲜为人知的一面。尽管不成邪恶，有时一颗心不由自主地把另外一颗心悄然无声地置放到阴暗里深沉。

从此，温暖不在，冰霜满天。那是因为曾经过分驻足于他人的世界所不愿意自给暖意。

人心，不必一味对较冷暖。彼此之间，仅仅是相安地活着，不相干亦不相犯。

你始终如一着至高的品行，就是对生命最好的善待。

贰

等价的相换，往往难以衡量。譬如说，恩情与仁义。走到了最后，不知谁曾帮了谁，谁帮了谁多，谁又帮了谁少？

当仁尽义至时，就已经够了。彼此之间，无法去评论这份情义的轻与重。缘起缘灭，都是既定的过往。

伤得有多重，是之前看得有多重。也只因为，所有的伤鉴定成付出的太多而得到的太少，或者是，给予的价重太高而得到的那么不堪。

有些伤害，注定存在，那是尘世间所逃亡不了的劫数。

叁

敛之入怀，远远不及以一颗欣赏不绝的心在遥望。看似唾手可得的东西，往往在转瞬之间便已贬值。

这世间仍然留有千辛万苦这条路，纵横交错险象环生。只待循序渐进去征服内心的狂躁与急进。

来得太快，破碎太易；来之不易，方被珍重。轻薄之得，都只是一种易碎之物。

所谓的自然，如顺理成章水到渠成，不足以用生命来盛承外物的累赘，罢了还好。

最大的得，总是会有那么些许遗憾的缺。有些难以得到的，终不属于生命所该拥有的。

肆

有些人走得太近，就已经不是当初那时的模样。

诧异之余，终于明白，有些人不可亲近，只能观看那自我膨胀的乱舞，向来褊狭张狂的心，许于他的最好回礼就是让他不可一世的跋扈。

关于觉醒，有些千言万语，永远抵不过那些挫伤的灼痛。

不可亲近，不是不近，是一颗心门永远为他紧紧地插上了门闩永世不开。

渐渐远去的人，是那一群群过往的人儿不敢去亲恭这位来者不善。

伍

有些人的活法，假装着去存在。

事实上，容不下别人更好的存在。因此，所触及不到内心的真实存在。那般的空落落，像极旷谷幽深里的那一阵风来去，都是那般荡然无存，不知去处。

在独体的生命里，最为悲戚的就是只能借助他人唇舌或是眼光来证明自己的重要。

极度地在意着，看到一丝丝的波纹，内心便翻起不休的汹涌。

若内心感受到真实，魂魄即能时刻与生命同在。

尘世的一些殇，大多时候都是因为自己酿造的。

情之所重，几分

尘世的伤，于情，当数为多。

这份伤的重量，是一颗心敛藏着一个人，敢与岁月朝暮共老，皆因放不下，所以终日念念不忘来抚慰内心之忧思。

每每想起，隐隐恻伤。世间太弄人，非与内心所牵念之人相离，为何竟让人留下如此遗憾？忆当初，曾经誓约种种，无奈又因种种而迫不得已相去甚远。若非如此，才成全了彼此相安的心吗？

纵是相近，不可相亲；咫尺相思，遥不可及。有些人，注定一生不可相行；有些人，情之所重，不忍寄之所负累。

有些情，始终不渝，彼此间，矢志不移。冥冥之中，情爱之伤，完全已升华到了精神之上。不是淡忘，而是把这份情隽永在精神之骨，灵魂之肉。

情，已逝？心，未负。

然未曾亡灵，仍朝朝又暮暮，情真与义重。

情有几分，重有几分。相等的同比，世间稀缺。

相对的心，试问人间，能有几许？

贰

徐徐回望，已远去的人，能否并行情之重？细数点滴，那些曾过往的人与事，究竟是我们变了，还是这世态让人变了心？

什么都没变，只有时光不复返。斑驳陆离的岁月，无情的逝去是种种的鲜重，恰如过往——被轻薄了本身并没有分量的恩与爱、情与义、诚与忠……

繁华落尽，阅尽沧桑。当看淡俗世的云烟，也不过一场虚虚实实的变幻，瞬息之间物是人非。

人世间，总是有些许假象产生，也只因，是我们看重了或是估高了而已……

谁在烟尘之间，风过无痕？留下的那些冷暖，或深或浅的痕，是轻或重划过？

可又是谁，又曾记得起谁，这一生生世世？

叁

有爱便有恨。

爱之重，所不能相等同化，之所伤。然有些恨，不是得不到，是为了成全。宁可隐着伤，不敢得到，站在对岸的另一端遥遥相望。

可触及，心身可及，宁可不近。唯独，这样的方式活着不违心亦不伤情。

情之真，爱之切。蛮荒之事所掳掠不了情之笃重。可为什么这人世间，总是有情被伤之蚀骨？大概是因为，情真不被意重所托，因此空落沉沦吧。

最容易殇情的是一种诱因的变故，在与情之重衡量。顿觉，在特定的环境下比情更重又恰是需要得太多，轻于情薄于义的一切变故是重于情义更重之所求，需求的导向所被扭转，原来的情重变成了轻薄所以寡了义。

然而，心之殇，大概总是在百般的抉择下所不能不愿意的殇离吧。事实上，多少情殇又有多少的借口与理由去阻挠这情之真爱之重呢？

任何的付出，总要相对的情真。太过于认真去倾情，恐怕又因太深太重，最后难以自拔。总之，人间太多遗憾之事让人欲求不满又欲罢不能。

刻骨铭心的情与爱，恨与怨，几经兜兜转转之后，方觉醒：予谁，谁予？

肆

假如从不曾遇见，那该多好？

总有些隐痛看似迫不得已，事实上都是不足够的好，所致成的瘀伤。任岁月匆匆从不曾痊愈，随光阴而流转不休……

有些伤，分明是自给，又不愿承认给确凿的过往。不愿面对曾经的伤，都是一种逃脱的情浅，而情重，付了几分？又负了几分？

谁付？谁负？

如同，彼此之间情义能够相予而到了不计，人间能有几人？

人到四十不惑之年，慢慢懂得，那些年，凄凄与惨惨，悲悲与戚戚，不过让人懂得真真与假假，虚虚与实实，情之所重才格外分明，几分？

曾有几分留给挚爱，几分错在抉择？尔后，谁重？谁轻？

情之深浅，受之轻重，授受几分？

伍

当临，情真爱切之大痛，刻骨铭心之大伤。正是，生命之疼痛所大悟而觉醒。

人，终归历经悬崖边缘的几经垂死挣扎，然后，渐渐懂得人情深浅与冷暖，最后，处在波澜而不惊得失而不乱之间，无畏于变化多端。

真几许？重几分？凭心而走，随遇而安，自然就好。

墨 默

壹

墨，之下。字，跃然。

事实上，心在行走，意无狂，思无邪，所成诗行。

在纸上，默默地舒展人间的悲欢与离愁，默默地述说生活的浓淡与冷暖，默默地呢喃梦想与现实。

似水无痕，又有痕，欲语还休，还是语。

每一个人，总有他的故事。或深或浅的内容，从岁月峥嵘中踌躇走来。不为人所知的都会在内心藏有几处伤疤隐隐在生活之中，曾经被风化过的心，雨袭过的魂，斑驳陆离着一道道的内容。

耐人寻味的故事，往往不同于常人那般的经历，折腾得更为猛烈一些，疼痛得更为深入一些，挫败得更甚悲壮一些……

所有的人因此离去，只有这样的人选择着孤独地行走，无谓于唇舌之上的闲言碎语。他的故事，延续着常人所体味不到的传奇。

直至若干年以后，有人为了他的孤独而成全了故事的精彩，那是因为他的非凡造就而让人油然生起敬意，众生全然不知他所承受的苦是比平常人要多得太多。

归根结底，同在岁月匆匆里，他热爱生活比平常人更多，咀嚼得更认真，孤独守质更执着……

因此，他对生活的见识，如心魂独上西楼见寒而不栗，恰思想扶摇直上居高而不狂。

最后，一行墨迹，孤心落寞，踽踽独行在尘世间走成传奇的风骨。直至后来，后人每每读起，再难以效仿得了他当年的笔锋。

终究，在独特的风格里，见迹见心，见力见真。墨默，纸上一跃行云流水，不是诗行便是鸿章。

乃，人生之洒脱；是，风骨的遒劲。

贰

人生，有多疾就有多急，有多狂就有多躁。

当今社会，少了风骨就失了态，更以丑为美之扭曲。丧失了传统的美，怎见得本质之复？

功名利禄，让人失了本质而疾笔狂墨，横竖在功名，撇捺在利禄，弯钩也都是欲求妄念。

安下怎样笔墨，就有怎样的印迹，有多大的妄念，就有多深的欲求。

欲盖弥彰的活法，都是反复走不出来的圈圈叉叉；

欲求不满的心态，也只是在未成章法时急于括敛；

欲火难耐的躁动，是不安于现状又不愿面对的狂乱。

总觉得，烟熏妆浓，妖邪横生，飞花乱舞，终是明日黄花。落墨默行，人间正道，循礼遵数，顺理成章，自水到渠成。

越是刻意仿描，越是画虎类犬。笔画之间，就是人之行身，组成之体就是立世。

活着，别把丧失了传统的风骨，变成了扭曲的奇美来沾沾自喜。自古以来，所谓的美在众生自有审美的共识也有评定的标准。

这一落墨，纸上独行，字里行间能否道尽人间真味？那些习惯在尘世中贪婪繁华的人，心已成浮；又怎会沉得住气去享受清夜的青灯寂寥？当，芳华渐尽，一经回首，几曾平平又仄仄？几回深深中感动？

苍凉的心，始终不觉得苍白，不是纸上凄白，就一颗心的空落落，所不成故事。

人间章法，在这字里行间段段落落里组成，平淡却深刻地道破人生世事不见得不好，华丽的藻饰虽诱得人注目，未必入心入骨。

不必仰慕华丽与声色。平平凡凡的字句落墨，默默走在宣纸之上，有内容值得咀嚼，自然发人深省久久不肯离去。

墨凭心而走，依章存度，潜心一志，逐字用情，不成诗亦成章。

乃，人生之从容；是，心胸之豁然。

再度重相逢

壹

再度重相逢，绝非偶然。

翻过一程山水，穿过一波烟云，总以为那人那事已然远隔千里。峰回路转间一个回望，柳暗花明时一个顿足，再见当时那人，曾经的熟悉变得陌生，陌生得似乎世间气息凝固，冥冥之中已然擦肩，孰料竟然近在眼前，那人那事，那花那月，那悲那喜……

陌生吗？曾经种种，又浮现于眼前。陌生的是岁月无情把人的面目风化得不再是洋溢着青春的朝气，沉淀的只有在内心那一份值或不值得贮存的陈年旧事。

再度重相逢，是泪眼蒙眬？抑或是久久感动？

如果有，那应该是像极了开启了窖藏已久的陈酿，撬动了人间的尘世之美，仿佛是寒冬里燃烧的一把烈焰，撩起那些酸酸甜甜的熠熠辉光，隐隐约约那些尘封已久的往事，按捺不住已久的静寂无声，顿然间声泪俱下，终于再见那时彼此的善好，彼此的深情，彼此紧紧的相拥……

可曾有过这样的刻骨铭心？我说的是那些人，那些事，还有那些再度重逢的再次汹涌，久久地感动着那一时刻。

可，曾有？

有些物与爱重相逢，不是偶然，那是必然的重逢。之所以再见，也只是为了更好的再见。

贰

而若，不是物与爱，而是心与身，再度重相逢呢？

人这一生，究竟有几人能够让你因为种种而迫不得已的离散？这些，远远都比不上自己与自己的际遇更为感动。

知己，故友？来去皆是缘。

如果，不是别人，正是你所苦苦寻找的自己的一颗颠沛流离的心，剥离了人与心的同体，逐放在荒野求生的心魂，惶惶不可终日在自我的虚度与飘摇中苟延残喘呢？

当已然不是自己，怎么会懂得我是谁？将去哪儿？

心是浮萍，怎能重逢？生命，是一场时常忆起就温暖的过往。因不愧于心地走来，不曾亏欠的行世。

贪婪无厌，怎能善待？心身，是一躯吐纳恒安彼此供奉的神灵。因不行尸走肉的虚活，不曾离散的立身。

所谓的福报，即是：以往你曾埋下了怎样的因，时期一至，即可看到怎样的果。

无论相遇种种，与人为善方得始终。前埋悲而后葬喜，若恶向尔后收邪；落忧郁必将寡欢，予馨园终得悠香。这不正是，同与前身一般吗？

总是觉得，生命的觉醒，不是心的沉睡，就是身的逐流，而截然分了彼此，彼此俨然已经远远地离去，消失在自我真实存在的云烟之处，凄凄惨惨的呼喊所应答不了的朦胧背影。

而生命不是彼此，终究都是整体的存在。给予生命的一切美美与共，再度重逢时便美美与行。从不曾远走，一直在岁月中深浅共行着不离亦不弃。

恰心之所需，而身之所安。再度重逢，是否在拾回失散过的自己？

之前，可曾迷离，又可曾茫然？

再度重逢寻回自己，方渡得一世安详与善终。

始善之所初，后善之余生。岁月静好，再度重逢，愿不是失散不是剥离，只是再度厚爱了自己，深刻了生命。

世间无常，诡谲多变。也仅仅是自己负责得起生命的一树花开与花落，无论四季更替岁月轮回，再度重逢所愿心不是枯枝凋零，而是灵魂的琼玉归宿。

再度重相逢，庄重相待；仍亲见最美，没有不同！

孤独与美丽同类

壹

孤独，是在夜色里不疾不徐行走着的清高魂魄；美丽，是一袭裹着刺绣暗花的青色旗袍女子，婀娜曼妙娉婷走来的身姿。

孤独与美丽，镌刻在若隐若现的夜色里，众生之所以魂牵梦绕，不仅仅是美丽的焕发，而是孤独的内涵；也不单止于人情世故的种种变幻的凄美，而是别在旗袍胸襟之上那一枚无畏的大气。

这样的夜色，弥漫着孤独的美丽，共行在极具清高的空巷里，踏着深深浅浅的脚步，打破了夜色的深沉，活跃在苍穹里的每一寸气息之间，不曾散去此时惊艳的大美。那是，孤独折射而出的大气象，格外静雅。

贰

孤独太美丽，美得蚀心。

远远看去，如晨曦之辉，似晚霞之光，一束定格在巅峰之上的光芒从不刺眼，不突兀，却因这一道的柔美晕染了岁月的静好。

它是集悠悠岁月里独宠的那一份高贵，合天地之间极为静美的那一份雍雅。玲珑的身段，如此的冰清，就是孤独给予美丽的升华。

我们从峥嵘岁月里走来，披着一缕缕烟霞，一段段历程，绻绻着爱恨情仇，隐隐着恩恩爱爱，终于在所有的繁华落尽，披着一身花开花落的因与果呈现出品质的灵魂图腾。

惊艳了的这一轮岁月的光辉，引得众生注目的静美。于万千人海涌动之中，那一段的冰清玉洁诠释了尘世的美，那是隐隐着伤痕浅笑着体面的灵魂，肃宁了身后的悲欢与离合。

任岁月蹉跎，也埋没不了它的熠熠生辉。

叁

孤独太惊鸿，美得入骨。

只有孤独，可以嗅闻到尘世的大美；也只有孤独，可以藏尽底蕴的浑厚。万千的热闹翻滚，抵不过孤独的静气，像内外兼修的女子穿上旗袍一般的优雅、雍容、华贵……

不是孤独单纯的美，是人经过岁月无情的沉淀，阅尽了人情冷暖，悟透了凡尘世道，一袭旗袍合了自身的尺寸，雍容华贵了整个人生。

只有，合身的尺寸，才彰显了自己的身段。不是妖娆作态，娇嗔怨叹体面了身段，应该是人与自然的相协调所和谐心与身的安放，妥投了情与怀的寄存。

孤独太美，伫立在岁月无情里未荒芜了窈窕之身，怎不让人宠爱好逑？

拥有足够的内涵，才匹配得了完美的身段。乍一看去，婀娜多姿，举止大方，何其美丽。这时，孤独又变成了因美丽而清高了自己。

孤独，是清高；那么，美丽呢？

美丽，是一份深深的懂得，浅浅的盛开。懂得，人情与世故，接人与待物；盛开，内涵与品质，光彩与高贵。

孤独啊，从来没有缺少过自己的美丽。岁月的风啊，悠悠地吹来，那些身段与气质仍然那么笃悠。

任时光荏苒，也荒芜不了它的蓬勃生机。

肆

孤独，太清高，美得极致。

孤独与美丽的守恒，是彼此之间的成就。因此，同类共存。

松松垮垮，不是美丽的原形。孤独与美丽，向来严谨，双双袒露着真性情，它是干净灵魂的缩影。像旗袍之身所契合的黛眉祥宇朱唇玉面，像刺绣针线之下所勾勒呼欲而出的缜密周全精致细丽。

孤独与美丽，它的极致之处不是故弄玄虚或者搔首弄姿，它们的组成是旗袍大美的一针一线，是万千色彩的惟妙惟肖呼应。

一袭旗袍，凭栏眺望，一盏青灯，夜下独踱。都不是孤独美丽的全部，所有形式上的体现，都难以体会到孤独与美丽的高深。

品不尽红尘的伤，阅不透岁月的痕，都没有资格享受孤独的美，只有心与身的同行，思与行的契合，行在这斑驳陆离的岁月里保持着一颗干净的灵魂，才能穿起高贵的丝绸旗袍，那不经意的惊鸿一瞥，尘世之美便泛起阵阵的涟漪，微波粼粼推澜及心宽泛众生。

孤独与美丽，惊心动魄在心与身之契，德与行之合。

孤独，不因为踽踽独行或是孑然一身，它的美丽在于不迷于情，不乱于心，不妄于念，不失于真。

旗袍之美，不是庸人所附，更不是俗心所配。

孤独虽美，不是常人所取，更不是凡心所求。

孤独与美丽，于苍茫云海间是那一份从不褪色的真、善、美。总是在轰轰烈烈里淡出，在简简单单里从容。

所以，孤独得太美丽，总让人怦然心动，谁人都不愿意惊动了这一份盛放的高贵。

终　于

壹

始于念，止于行；终于心，忠于心。

发乎于情，止乎于礼。徐徐回望这大半生，惊觉余生并不方长，终于，还是安分了一颗非分之心。

无关于情，却系于礼。原以为，随心所欲，追之所求，颠沛流离了大半生以后，倏然觉得有些事有些人总有既定的归宿。

或许是，我们的非分之想无法去体面安好着后半生，终于还是为了后半生终止了原以为的种种奢求。这个时候，不信命中注定，却也应验了此生的应有与应无。

终于念，始于觉，了然灵魂归宿。终于，还回了宁静的心。原来本如此，后来又本会如此。这一生，如此的命，如此的人，如此的不变。变了，只是过程的几经折腾与挣扎。

终究，归于本我的状态。那些，忧伤无尽蔓延，悲愁无情缭绕都只是一颗未曾了却凡尘的心在蠢蠢欲动罢了。

罢了，回首放望，生活的善好总在烽火硝烟的尽处。

止于争斗，还回静安。源于礼尚了本我的生命。

终了，起初的狂躁不安；止了，那时的不知所以。

罢了，安了。

贰

关于，生命的陌客与过客，只是我们枉费了心机的周旋不止而致成匆匆那年不堪回首。也只因为，过分在意，所失陷在残缺里补救不来的完美。

真正留下的美好记忆，何尝不是成为过往云烟。虽记忆犹新，但已只是历史。终于懂得，那些凄惨，分明只是最美的回忆。人间际遇种种，残忍与冷漠，阴谋与奸佞，促成生命的羽翼越发丰满，终于走过一程又一程的山水，重逢着一幕又一幕的过往。

后来，认识了本我，取舍有度。

例如，爱与恨，福与祸，成与败，逆与顺，那些伤与旧伤的缝补，那些痛与痛苦的撇清……

终于，忠于本我，还回本真。

叁

人世间，始终是行走于止。

过程只是练习，当学会删繁就简，多少繁花落尽终成风骨。

把事看淡，把人看对，划成圈子，来者不来，去者不去，恰好着生命的饱和。不多、不少、不杂、不乱，干净的圈子里，是那一缕清风舒卷而来，那一阵烟雨婀娜走来，不期而遇动了不曾动过的真心。

别去感慨，人间多起秋事，兜兜转转也不过那颗心过不去放不下所终止不了的恩怨纠缠，善待了生命，就是礼拜了生活的种种不堪。

当，我们不再是物欲的盲从者，就已成精神领域的引导者。

我们所不知道很多时候咎由自取的事，是我们从来没有认真地聆听过心的呼唤。

终于，认真了起来，做心灵最真实的追随者。

迷茫的心，从来没有见过本我的面目。终于，见到了最纯净的心音，呢喃着那时的纯真，如此干净，清正……

终了乱，止了行，礼乎于本真。

终于，风烟俱净，灵魂通透，生命欢乐。

肆

肆无忌惮，狂妄自我。只不过，走不出尘世的迷，离了心的身，已然不再是本真的灵魂。

终于，在寻寻觅觅中，觅见最真的你，那是原来的你，走散了曾经的初心。

迷乱了，整个人生过程的真我。但愿，不再一直寻觅，久了，人已老去……

所有的情，止乎于礼。所有的妄，终乎于觉。

至性深情

壹

至性至情，源于自然。所谓的“真性情”，大概是指所有行为的自然流露像置身于野外的原始性吧。

野外的动物，同类相残也好，异类搏斗也罢，都源于求生存。而人类，追求的就是思想的境界生活的质量，以及寻求与同类的感情渗透。事实上，也都是人心所呈现的真性情。

人类的至性至情，绝非单纯性格表现，更不是豪放不羁，狂放不拘所形成。更多的应该是那一份自然的纯粹所流露出的真性情。

自然的流露，从不饰装与虚伪。

它是一份磊落，阳光匝地，万众皆欣。

贰

兽性，之所以凶猛残忍，是因为没有感情，没有怜悯，也没有慈悲。

兽灵行者，之所以能生存，是依赖于自然状态之下的繁衍而存，而最高级的动物，仅属于有思想有感情的人类。

人类的生存，懂得礼耻与好坏之分，却又偏偏会形成好与坏之分。人类本同类，由于性情兴趣爱好所迥异，因此分成了圈子，这样说的意思就是，不是同一类人，就不要在同一个相对的语言系统里相处。

人生际遇种种，聚聚又散散，相逢又相忘。说白了，不是在一个大家所认可的真性情里相互欣赏到仰望，标准不同，自然相去甚远。

不同圈子的性情表现，就形不成相同思想的共鸣，只有同类的人，才能见到至真的相处。至真的相处，从不需要设防，亦无须猜忌，坦坦荡荡直来直往。

自然的往来，自懂真知与分量。

它是一份情怀，氤氲韵美，无声透露。

叁

宇宙茫茫，何处见真性情？

放眼在自然界里的芸芸众生，那些河泊翠柏、峰峦草木、闲云孤鹤都是真性情，不掖藏不故作，常常把心放逐于野外，何以不见真性情？

同类，有相残，有争斗。

常常看电视中的大自然探索，秃鹰、蟒蛇、虎狼等，观其性其情自得见识颇深。

而这些动物的生存，往往生死悬于一线，不是同类相残就是他类威慑，藏藏躲躲恐怖如斯，这不仅仅是动物的生存考验，我看到的是生存技能与善恶的博弈。

可，谁生来就生性凶猛呢？尽管自然界里千奇百怪，各形各异，可见生来就带着毒性与凶残的某些动物，它们的阴暗格格不入其他动物行列之中。

人世间，有人面兽心之行列存在。其实，都只是在欲望与利益的牵扯中同行。

人之初，性本善。然而，一些人在有生之年泯灭了心之本善，完全放弃了生命的本真，以致因心性的狰狞为所欲为，违背了人与自然之间的和谐规律。

心之本质，若不被世间的诡谲迷乱，这一颗心就不被复杂而挟持同化。

它是一份守恒，固若金汤，风雨不变。

肆

至性深情，不失本真。

人生在世，真正的至性至情就宛若凝见婴儿眼眸之光，透露出多么纯真、无邪、澄净的善美……

世事难料，风云变幻。变了初心的是人在所处的环境之下把所闻所见变成一种拘禁了本性的自然，以各种方式获取自保来泯灭了阳刚血性与怜悯之心。

人性颠覆之悲哀，面对邪恶视若无睹，透见毒害避之不及，遇见疾苦冷嘲热讽，见利徒生害人之心……

至情，向来有阳刚之魂，不失柔情之怀，不弃人性善美，飘扬着自然力……

至性，深情于生命的至真表白，浅弹着灵性与善存的节奏，低吟着尘世的悲悯与血性的交织，弥留下一份磊落的情怀。

这份情怀，至性至情亦至真，来自最初生命的原力呼唤。

狼狈，不堪收拾

壹

生活的狼狈，从境况的内内外外几经折腾到不堪的心情被收拾得妥妥当当。

终于，在一个久违的笑容里，别去了那些种种的狼狈，用不堪来安顿了层层叠叠的波澜。

生活中的曾经相似，恰似不堪的林林总总，你我从岁月中悠悠走来，揣着踌躇与不安，忧患与神伤；到最后，用狼狈来奠定着前路，持着不堪来收拾了曾经的过往。

一切，终将逝去。狼狈，亦是如此。

那年旧爱旧人，或伤心欲绝或魂飞魄散；那时旧物旧念，或念念不忘或明不可为而为。终究，时过境迁，烟火易冷，渐行渐远渐淡去……

而人，还是那个人。所有的狼狈与徘徊，深刻了生命的过程，那都是用不堪来收拾的旧物旧念，用不舍来放弃了旧人旧爱。

不堪收拾着狼狈，使人深痛着与生活起舞，人生之必将存在的隐忍。然而，蜕变成一株洁白的百合花，尽管凋落，那瓣花落都是高贵的心。

优越的生活，总是从狼狈不堪里收拾过来。人生，必将承受着既定的狼狈。

贰

梦寐以求的东西，回到现实也总是镜花水月的摇曳，不经触及随之幻灭。

理想的生活往往太遥远，心之所求又偏偏太强烈。曾经执迷于捕风捉影，用自欺的方式欺心欺人。也总是在结果面前，迫不得已在狼狈里不堪地就范着现实的冷暖，心傲狂妄不了最终的宿命。终究，在天命里作弄不了轻狂的妄念。

人，最后回到了最初的纯粹，简单地活着，就不敢妄为而又变成了狼狈了生命。

当你懂得，生命唯独扎根在一半阴凉一半阳光里深情相拥着干净的心灵，狼狈就无处打开缝隙来造访该活着的体面。

当你懂得，不堪的回望仅仅是过往云烟，你仍不坠青云之志，狼狈来临宛若雪底苍松，生活从此不再有如履的恐慌。

恬淡安然能与世长存，是生命的静定。而生活，必将让人在几经颠沛流离里收复了狂乱的心绪。

叁

世间仍然潜藏着万般狼狈的丛生，那是人惯纵于温暖的体贴浇灌；不堪在独自的孤寂里健康地生长着根基的牢固，欲速在杂枝乱柯里疯长着貌似的繁盛。风起雨落时，耐不起一丝丝的寒流，颤颤巍巍七零八落，残枝败叶不堪入目。

狼狈的现象所渴求着旁人的怜悯之光，都是一种错象，这样的错象的悲哀之处不是狼狈的本身不堪，那应该是本身的狼狈欲在于能借求他人的解脱与救济。

人生，不朽的信念是什么？

我欣赏清代诗人郑燮的一句诗：“咬定青山不放松，立根原在破岩中。千磨万击还坚韧，任尔东西南北风 。”

凡人行世，生于破岩，立于峭壁，本是萧条，活在艰辛。谁的经历，不曾有过不堪的狼狈？恰似，我们生来不同的质地与不同寻常的境地。

凡人的狼狈，只有不堪读懂，也唯独以不堪来收拾。通常啊，在这个过程是那一脉冲动的热血，在不认天命不甘平庸所起起落落里阅尽人间沧桑。

以后，不再狼狈不堪，也只因为你懂得用苦难深重着生命的葳蕤。

不经不堪，怎得彻骨的深刻？那一树花开，生来凛然之气不从减去，应该是狼狈过后的成就，甚而威风八面……

肆

生活，纵有伤得狼狈，尽管也不堪回首，都是惊心动魄新陈代谢的割舍与索取。若生命根植于干净亦伸张不谢初，一树静香的花开才是心灵最绚丽的盛放。

往来复返

壹

总有些人或事，随着光阴似箭又去几度春秋，虽有念念不忘，恕不再来往。

那些弱水三千只取一瓢饮的重诺，已随烟尘逝去，已然物是人非。多少的恩恩怨怨，已不过一场花开花落。结果你还是你，我还是我，一样的人儿，只是添了几道皱纹，多了几分感慨，还有几分惆怅……

终于明白，矛盾的种种，绝对不是没有缘故。

不往来复返着已逝去的背影，不追寻着旧人印迹。唯恐空巷只身落落，那一扇曾已开启的心门，已然不是心的守望。念起，那一个眼眸，透过这一扇纱窗，怎么竟如此的朦胧，怎么竟也藏得如此之深，深似不曾熟悉过的心。

宁捡起孤寂的时光，单身与只影共行。纵是遥遥相望，不造奢望之次。那年那月那旧地，是心上留痕的足迹曾经走过，纵有千般的情，更与何人说?

纵我不往，把点点滴滴的记忆碎片剪成一段段时光的美好保存在念想的空间里深藏。

已然，深埋于尘土间的那些风花到流年。

过去，已过去。拾起碎碎念，拂去尘间，返复风烟俱净。

贰

最值得念想的人与事，都是基于纯粹而简单的片段，一点点拼凑起来，无论何时何处都不曾有一丝丝的伤怀。

默数以往时光，兜兜转转停留行走。蓦然回首，光阴易逝，人已渐老，我们藏着青春时光谢幕的记忆，那段青涩与纯净的相欢。只是，太多都是因为生活所迫无奈相离，结果总是未尽的遂愿。

未必信求者就能遂愿。

人间的因缘，事实上都是一场前世蓄情已久的相逢。

信求者，往往千般的祈求，有时候求的不是那份缘善，而是一份心安。

纵我不往，因只是一场圆不了的梦。不因残缺而徒增念想，闭上眼睛化作过往烟云，不再与之缭绕不休，也是一种彼此的成全。

缘分是什么？有人问隐士。隐士答："缘是命，命是缘。"此人听得糊涂，去问高僧。高僧说："缘是前生的修炼。"这人不解前生，就问佛。

佛不语，用手指天边的云。这人看去，云起云落，随风东西，顿悟：缘不可求，缘如风，风不定。云聚是缘，云散也是缘。世间万物皆因缘而生，因缘聚则物在；因缘散则物灭。

所有的求，莫过于自然而然地得。

纵不往来，也不复返在瞬生复灭之间，远离生命的无尽折腾。

不再痴缠尘世间那些种种不应往来的缘；不让妄念颠沛流离着灵魂的虚游。

叁

恼、怒、怨、恨、仇的这几味，都是心的魔舞。

有些选择，无从选择。关键在于，轮回不了来代替习惯的一味。可是生活，万般滋味啊，从品尽酸甜苦辣中走来，在得失荣辱里恼怒怨恨间大彻大悟之后才见真见味。

生活的质量，总是需要舍弃些什么才能成就些什么。

心身无所适从，就难以安然无恙。

你理解不了，是因为仍然在疑惑种种，难以置信来与往的悲与喜。

人间穿梭着三教九流，形形色色各有所求熙熙攘攘各有所需。然后，任何的际遇，你学会了原谅，人生就没有了伤与被伤，自然就岁月静好。

那么，又怎会存在心之魔舞？

什么样的生活状态最好呢？花未全开，月未全满。

那花在怒放，也会凋零；那月在圆满，也会残缺。

人生的丰盈，事实上就在这一些圆缺与得失之间往来又复返着饱满。

该来的会来，该去的会去，往来复返去留皆为无痕。人生本无常，往往来来，周而复始。

随遇而安，适者生存。过去已过去，该来总会来。

人之所以累，大多都因过往而胸有宿物撇不清放不下所窝生着怨恨恼怒。

肆

人生的种种历程，纵然有多么的不堪回首，像那一道门环上的暗锈，深深地隐藏着历史的岁月，点点斑驳着如诗的韵味。

这一点点斑驳，才是生命的写照。映照着人间的往来与复返的深重，诉说着悲欢与离合的忧喜。

行走在岁月无声里，默默地随时光遁世，轻轻地随清风而去。

总有些往来复返，舍不得埋葬在尘土又遏制不了内心的生根，那些枝柯之间颤颤巍巍又折折断断于心间。

有时候，所不能阔步前行的那些困顿，都是内心宿留的残物所滋生的种种阻碍为难了自己。

人间无常，前路漫漫，苦苦深守，未必眷属。

往来或复返，灵魂保持着干净，才是生命应有的清香。

细嗅蔷薇　壹

壹

细嗅蔷薇，持有细腻，活法才够精致。

猛兽心性，纵万般的凶残，都会有着细腻的温柔。更何况人性，而人心之深，却不能一概论之，但是始终相信，好人总是居为多数。

人性之复杂，事实上并不以复杂去观之融之，尽管人心叵测，也要留守着本质的善良。

如果，要评判好与坏，先了解进入一个圈子里的潜规则。好人，吸纳着好人；坏人，臭味总相投。性情志向锁定了一个圈子里的抉择条件。

然后，你的好坏到什么程度，就会在怎样的层次上相融。你不是他们的追随者，就是主导者。如果，都不是，那应该是居于不好不坏之间的中立者。

但凡种种，面对角色的抉择，都是一种选择的活法与被生活的需要。

细腻，是内心对外界体察入微之力，足以明智抉择生活角色的立场。

贰

有时候，你什么都不想参与亦保持着中庸姿态，真正摇摆的就是那一颗心。

不以静心细嗅本身的生活现状，然而过分仰慕并效仿了别人的生活模样。

跟在别人的生活模样之后，舍本逐末粗糙地活着。

人心，有时候很浅。只是，更多时候是我们用复杂来审视，不经意间就把生命深深地置在烽火狼烟之中消化着声气，所及之处已满目疮痍。

人心，有时候很深。触动之间察觉入骨，人心太寒凉，试过知了冷暖炎凉，都也只是外界的一种状态，品尽之后的心，但愿仍然春暖花开。

若，从来不曾奴化过细腻的活法，粗糙又从何处走来？

细腻，是根植在内心的一股力量，热量破土而出恢宏入世。

叁

人世间所有的活法，光怪陆离千姿百态。如果非要寻找一个活法真相，恐怕真的没有真相。

没有生活的真相，并不代表没有生活的准则。而更多时候，应该是一种遵循着自然的规则之上的生活体会咀嚼出来的千般滋味。

五味杂陈间周而复始，福兮祸所依此乃真相。

只在于，一个人选择着怎样的活法罢了。

关于，好坏的定义，有着众生的共识；荣辱的褒贬，有着众生的标准。

有些穷困潦倒的人并非真的一无所有，他不因环境形势所熏染，不因贫穷困顿所改节。

有些看似富户豪绅，真正拥有的只是身外的堆积物，以逐日追风攀比来维持着“体面”。

若干年后，唯以不变的品性才能让生活一直体面着自己。保持一份心思之细腻与性情之守恒，就会豁然贯通在整个生命的境界里悠然着仙灵一般的静、雅、圣、洁……

细腻，是把身心雕琢成一尊青花瓷，惟妙惟肖，素净雅致。

肆

贫贱不移，宠辱不惊，才是生活的至高品位。纵是穷尽一生，颠沛流离，仍然要捂热那一颗良心，走在冰寒彻骨的世故里，依旧暖流不息在心间，心与魂岿然同在。

细嗅蔷薇，究竟是需要何等的细腻之心，才能丝丝入扣？若让我说，必先热爱生活，保存着一颗灵性且善意的心。

眼睛所触及，用来发现尘世中的美；心灵所感悟，用来体验生命的每一时刻。不必与所有的际遇来斡旋得失好坏，至于如何翻滚与漫随，终究都只是过往云烟。

无论处于富贵或贫贱抑或顺境或逆境，都超然在世且安天命，才敢于岁月无恙，一世安然。

拥有一颗细腻的心，无论多么粗糙的生活，过程里都会精致起来。

细腻之心，能把生活细腻之事敛于心底，承载在历史的长河里不畏波涛汹涌，源远流长在不惊不悲于世间，灵魂锦绣盘旋成一幅绚丽多姿的生命图腾。

细腻，出于污泥而不染，出水芙蓉，得体大方地出世。

伍

热爱生活，细嗅蔷薇。

掌心之间皆可合拢日照与月光，轻风与流云。亲见那一丝丝一缕缕所氤氲着尘世的静美。

那都是心灵的轻言细语，道尽了人间的悲欢与荣辱，细腻地悠扬着变迁的种种预见，俯仰之间便嗅探出生活之韵美，细细碎碎是润物无声……

细嗅蔷薇　贰

壹

放眼尘世外，熙熙攘攘来来往往皆是聚散与离合。

究竟是什么所形成？

若不是功名与利禄，那应该是情仇与恩怨所贯穿于其中，因此有种种聚散离合就纷繁复杂穿梭不休。而这些看似苍白之物却又真实地纷呈出色彩来组成生活的载体。

总有些话，道不明；总有些人，看不懂；总有些事，想不透。有些时候，道不明，看不懂，想不透，表面上看来并没有什么冲突，但是内心的痛苦与矛盾无休的纠缠不清不楚。

人，就在不明不白里迷惑地活着。活得不够明白，之所以纠缠不清，也只是因为撇不清某种关系的依存与对立，也放不下那些深陷在人或物的得失与取舍之间所以心成黯然。

活到明白处，自然就放得下所有的迷惑，也就少了不必要的计较与揣度。到了这时，不是不去想，而是已经不愿去猜想与揣度。

与其殚精竭虑去懂某些事物，不如去读懂自己，活到明白之处，万物灿然风烟俱净。

一切随缘，心无增减。

贰

若能读懂自己，处于活在明白之处，就是删繁就简。简单地活着，就已然尽悉了然一切的存在与灭失的规律。

这世间，没有什么学问与修行比得过自己懂得自己更为重要。

从某种意义来说，身心以外的众物，都只是一种生活的暂时被需要，而当生活的需要已经满足后，所有的追求更侧重于精神需要。人，终究会懂得，物质世界与精神世界两种区别的重要性。

纵是过往三千云与月，五千红尘与驿站，这一路上的种种聚散与离合，迷离与彷徨，懂得自己就不会因种种迷乱而离心。

生活的不堪，大概都是这些从内心上所徒增出的恩怨情仇与功名利禄的过分耿耿于怀，在极度在意之间所成为负重。

活到明白之处就是简单，所有的聚散离合皆是自然，得失之间即合乎于理。

活成一种岿然不动的精神高度，从来没有间断过心灵上的力量来滋养补给。岁月所能荒芜之处，尽管寸草不生，而内心独开一树，春意盎然。

面朝阳光，蝶舞莺飞。

叁

苍茫云海间，人心所求趋之所向，一路上纷纷扰扰，喧腾不息。

不愿意同往，散离遁隐的人，是伤得太深？还是爱得太重抑或是自知所不能企及？

都不是，那应该是，看透了表面的热闹，知晓了人间冷暖，了然了生活的至高追求。

像极了面对一盏茶，欣赏的不是翻滚的过程，而是生命的静定；品尝的不是茶叶的味道，而是生活的韵美。席间拿起与放下已摒除所有的浮躁，无所顾忌自然万般从容。

尔后，茶罢裣裙而去，带着生命的馥郁，独自行走在寂静之处，回味着无穷的芳香与之神往，生死不离渐入佳境……

有人迷恋于过程，有人讲究于结果；有人沉迷于过往，有人着眼于当下；有人享受于声色，有人静安于孤独。

归根结底，都是一种生活的状态，不同的人选择不同的活法，结果都是一颗心的切身体会，好与坏、苦与乐终究知底。

物我两忘，才见真境。

肆

真实之心，不曾沉沦在一些凄凄戚戚之中；欲望之心，只是建立在无休的投机索取之上。

如果能够通过生活的种种历练来体面了少得可怜的余生，老去的那时仍处在不悲不痛不怒不怨，这样的得，才是真正的福分。你想，这样的岁月该是多么的安然，心境该是多么清净啊！

有时候，仅仅一念之间定生死，还有那些让人措手不及飞来的横祸，生命是如此脆弱，能活到明白处就只争朝夕，迫不及待细细嗅闻着蔷薇芬芳，静看生命花开花谢。

谢后凋零，归于尘土。曾经那几番风云变幻，纠缠过的那些疼痛，不解脱的那些妄念，阵阵寒意仅仅微微凉，不足以藏转于心骨之间的长久暗蚀。

活到明白处，柳暗花明。

伍

这一生的终极追求，绝对不是种种际遇之后索取的那些得失为结果导向。真相就是无论处在苦乐或悲喜都无关心魂的得失，追求的结果是人活着仍然深守在心魂相惜里诗意地行走，不离心亦不离德，不丧心亦不狂妄。

人生的修行，修什么呢？

修身养性，此乃修行。当然了，前提在于总得要满足生活与品行的根本，才能更好地立足于品质与灵魂上的升华。

简单来说，就是先把自己活到明白之处，摒除种种从内心滋生的阻挠与迷惑，了然尊重人间与自然的定律，遵循着一颗不忘初衷的善心，置身于任何环境形势之中心灯都颠扑不灭，然照见本我觐见本质。

生命觉醒，返璞归真。活到明白，优雅不断。

世事与众物所有的万千变故，抵不过你依然如初的清净恬淡笃定。

恨极重爱

——细嗅蔷薇系列　叁

成长的代价总是要劳其筋骨，饿其体肤，损其心智，最终，凤凰涅槃，浴火重生。

始于心，行于思，觉于慧。之后，谨于言，敏于行，修于成。这大概是心智的成熟过程。

人，走在不同的生活行迹里，在每一个时段都有着不同的感悟，原来那般的幼稚取向只因当时的年轻，所以产生狂乱之意，所有轻狂与浅薄也都是那时的岁月留下的不够深刻的伤痛。

不痛不痒，难以刻骨至铭心；不深不浅，高不成亦低不就。

思想的深度与承受的困苦挫败成正比，走过多深彻骨寒心的遭遇就有多深的冷冽体会，经过多大的困苦潦倒就有多大的内心承受。

所有人的际遇迥然不同，心智的成长程度亦截然不同。每一种环境之下的生存方式不同，人生的价值取向亦不同。

人间千万种活法，到最后殊途同归，都是追求着安详平和地活着，这就是生活唯一终极的相同。

然而，总要经历一些不寻常的路，犯下一些难以接受的错，刺破心扉直至痛不欲生，心智才得以日趋成熟。

经历过死亡的心，又再次引燃起生命希望之光。然后，卧薪尝胆破釜沉舟才是重生的开始。

成熟的代价总是在幼稚轻狂时那些挫败之后的死灰复燃。所有的铸错，都是一种渐进的正确；所有的是非，也都是一种循进的分明。

人之所悟，总要有几番怅然泪流地痛恨自己，恨之生戒，才会有谨言慎行的细密之心。

恨过终极，心之有戒。

选择一个人的行走，不单纯仅是看透尘世喧嚣浮躁的空洞，抑或是看清一些戴着面具的人在狂舞着虚伪，之所以选择独行更多时候已经没有可逗留之地。当所有人都将转身离去之时，只有满袖苍凉的一个人行走。

什么都没有带，也带不走什么。只有左手带着讥讽鄙夷，右手携着嘲笑诋毁，背负着罪过孤独而凄苦地行走在荒凉里……

过往种种即将成为陌生，已然不再是所相互的认识，你放不下一切那只是你所不甘与不信，当一切将离别终结，已经不能肆无忌惮地谈任何条件。

抛弃一切，一切隔世。也只有你自己能懂自己之时，此去经年是成长。

终将陌生，已然陌路。是曾经多么情深义重的熟悉，恍然陌生的懂得。

某一天，惊见所有的过去都一一粉碎在生活的弄堂里，独觅一处净静之地潜心雕琢一座自己内心所需要的殿宇，拔地而起的不是楼阁，而是一个人蜕变成为自己最好的模样，四平八稳巍然屹立。

那是一颗心集天地之间的灵武，八面威风静卧在飞檐之上的朱雀，承载着悠悠岁月里流转的人间沧桑，尽管世代更替，仍然笃定拥揽远处，这放眼一望，是万年，是平等。

成全心智，总得先恨过爱过，痛过伤过，自我否定怀疑过。

这里说的意思就是，所有的不堪与痛楚都是引子。这引子微如星星之火，但足以燎原，焚去所有腐朽残枯的生长。

一无所有，恨过所有，之后，幡然醒悟，收拾不堪的心情，又重回自己雕塑完整的灵魂。

恨过终极，行之有律。

物极必反，否极泰来。

承受过疼痛以后，不是让人疯狂，就是让人静定；不是使人沉沦，就是使人奋发。每每总是到了最后的关键时刻才懂得自己，懂得现实。

这一路危机四伏，过尽繁杂，让人措手不及之处都是因为自己没有强大的内心力量来足够抵挡一切的伤痛。

而，人生不仅仅只是一场纷纷扰扰的生活历程，是内心俨然已暗涌着千军万马的战争，看不到硝烟弥漫的心魂殊死搏斗，放眼一望所见之处尽是疮痍满目的惊心杀戮。

人生是一场斗争，兵不临城也了无硝烟更无厮杀声声。它的恐惧不是眼里所见，更多的应该是内心之恐惧，憎恨不了也狠不下心，糊里糊涂已近残阳哀号。

人生如书，一句句一段段拼凑着不完整的自己，过程是句，尽处是诗，此处成章。

只是，撕过藻饰，删过错章，恨过枉费，乱了章法，猛然间，不顾一切地痛心地删改，最后是恢宏之大气诗章。后来，翻阅惊见，是内含灵秀韵味十足，超凡脱俗，暗香流转。

恨已恨过，恨之极逝。然之痛而不言，爱仍重生，于心慈悲。

至简至美

简，仅仅一个字便蕴含万千哲智，折射丝缕辉光。

许多人，用一辈子也悟不出一个“简”字的真正含义。总以为醉生梦死的追逐、灯红酒绿的翻腾是生活的乐趣。直到最后，才知道真正最好的境界，贯穿到生活中，概括就一个“简”字。

一个“简”字太了得，似乎是良药，通治尘世惯病。不简，就纠结也复杂更累赘；不简，就负重也牵绊更凌乱……

化繁为简，去之糟粕取其精华。弱水三千，只取一瓢。从简，说到底就是把所有的复杂简练了，简单了。烟云流水，见不到朦胧，听不到汹涌。

心若从简，风轻云淡，朗月照花。也因为简来，行走在幽深处即见柳暗花明又一村。顿时，一道道阳光匝地，一半明媚，一半简阳……

这个世界，红尘滚滚，辗转百回。简，即尘埃落定。不见缥缈尘扬，不见柳烟滚缭，不与泥沙相混，不慕铅世浮华。

轻盈的心唯恬淡。从简的心，绝不会守不住寂静亦不会躁动：从简的心，只寻简净，只求轻淡，只见明洁。衣袖一挥，不带走云彩，来去皆如风，无迹且洒脱。

错综复杂那里见不到头绪，乱糟的一团，剪不断，理还乱。了不了，了了去，若是了难，不了更难，了了，一切轻巧，不了，戴上枷锁。

生活，需要你轻歌起舞，要么戴着脚镣，要么盈快如蝶。生活就两种方式，要么放下，要么累积。智者的人生，从来都是追求简化，也只有从简才返璞归真。

岁月的长廊里，了无挂碍，悠然自得因为心灵简化了，处处也是风平浪静。再大的江湖碰上了复杂，你总不能用复杂去化解，事情的完美妥善，总不会停止在复杂之上运通，也唯独持简摒弃繁文缛节，方见真解。

一个完美的人，向来简明。心性的复杂永远敌不过简洁的心性。简洁心性的人，也只会简化一切，不生是非，不讨苦吃，不惹尘祸。原因很明了，身无一尘事纷扰，好过诸事缠身。

简，是扬清激浊泾渭分明的坚定；是面对万千凌乱手起刀落的豪杰；是应对三千浮光独守一盏青灯的淡泊，是远离喧闹沸腾愿处一方素心的清寡。也正是这些，托生简净，应还恬静。

简，更是一种充满禅意的生活态度。在孤寂中，不凋零，在繁华中，不张扬，是银碗里盛雪。他们洞若观火，撕开了物质社会那层浮华、名利、薄情、奢靡、堕落的虚伪面纱。

他们带着雪的幽凉与真意，寂无色寂无声地演绎着，用最沉默、最简明扼要的方式，表达着心中无限事。他们不显露，隐忍，因为懂得，便不必多言。

简，从来都是美的。是静美，亦是净美，出淤泥而不染，濯清涟而不妖。更有种孤绝、幽凉之美，不浮华、不风尘、不被社会坏风气侵蚀，似傲霜斗雪凌寒吐香之寒梅，孤芳自赏。

简，是大美。不以虚伪的表象和形式作掩饰，以最原始、最纯真之美，在这洪荒泛滥的岁月里芳香着，动人着。

胭脂过重，色彩颇浓，熏香呛人。粉墨一番，修饰一番，画媚一番，妆嫫费黛，玲珑精饰，看似惊艳绝美一身，掩不住三层胭脂粉的抹掩，当卸下妆始终一回简淡。

这时，你乍一瞧，那素面朝天，瞳孔透美，简洁晕红的自然面廓，似是早春枝芽吐露的新绿在绽开，昭然着原始生动，勃生气色。赛过万紫千红的那一抹浓烈，虽芳香四溢，却不能悠久。

素面相对，持本来面目，不花哨不掩饰，只留下一颗素白白的心，在至繁的尘世里，闪亮着清澈的简纯。

引申而来，生活本来就不复杂，你若复杂了，那必定是你粉黛了它。这时，就必须需要一个卸妆过程，才能回到原始的简心。直到最后，还是回归到最初简单又简约的生活里来。

幽幽岁月，浮生若梦，一曲《枉凝眉》惹得夕阳斜。开始疯狂地迷恋素朴、简单。它以一种饱满而简明扼要的质感袭击了我，使我耽美其中，沉醉不知归路。

从简了气场不大，格调也不高。若是奢华铺设，还真不敢过场，只怕折煞了向来追求那一种淡雅中简单的美。

“良田万顷，日食一升；广厦千间，夜眠七尺”，简的生活，比想象的要简单得多。只可惜，我们往往总在为一些不必要的念头买单，在舍本逐末中折腾不休……

其生若浮，其死若休。日月蹉跎，半生已度。最滋养人的，却原来是这份简单淡然的心。

落落清欢

壹

繁华落尽，终究寂寥。

那一抹落落的残红，恰似清欢莅访，虽渐近黄昏，但却从不悲恸。

落落清欢，孤独不苦。心骨敛藏着宁静安详的夕阳红，不温不火徐徐回落。

生命的最后，落下的是黄昏之后的一帘悲爱，那应该是对苍生万物俯下一揽垂怜。

贰

你细看，残垣断壁之上的那一枝花开，像极了生命斑驳陈迹以后的那一股静气。

不必刻意，自得花开。

心魂站在高处，在旷野之中远远地眺望着云月与清风，任一袖清欢来长歌，可透过满眼的风霜流转在苍穹云端。

生成大气凛然的一枝花开，于心灵的根植是多么重要。

叁

尘嚣飞扬，纷繁复杂。

人心最复杂吗？

最难读懂的不是别人的心性，而是自己。

我们过度去揣度，而揣度者本身就难以了然自己的心性，竟以丈量别人的复杂变成了自己的复杂。窥探得筋疲力尽，却不得所知。复杂测量复杂，怎么能不心凉？

自私贪婪本身就是人的天性，不必去深究到什么程度，也将永远得不到真相。即便懂了真相，又将如何去平复这颗心？

人心最难的是——波澜不惊，心平气和。

不过分懂得太多，就已经是懂了。

肆

伟大的人，都拥有一颗谦虚的心。往往能把身段放到尘埃当中，与沙泥共融。

从未渴望鲜花拥簇众人拥趸，其实内心已经把这些看成昙花一现。

热闹与寂寥，没人能守得住一辈子的热闹，寂寥竟能清欢一辈子。

有些人总是在出人头地之上拼命去张扬，可后来，因为张扬显摆却未能出人头地，活生生地陷在遗弃的角落里黯然神伤。

越是谦虚低调的人，越在人群里奔逸着他的灵魂高度，却从不用张扬已然气象万千。乍一看去，与众不同之处竟然是人守在了低处，灵魂却已在至高之处，一览无遗。

守得住自己，从来不用张扬招摇过市。

在不动声色之中万心所向，自得臣服。

伍

薄情与冷漠总要历练过来。

在个体的生命里，唯独自己能感受得了这些现实残酷。

总是因为活得不够明白而借寄依赖的方式去厚颜无耻地生存着。事实上，谁也不是谁的一生所依，尽管情深义重之至交亦有仁尽义尽之决裂。

经历过了排斥与冷落，才知道自己并不是那么重要。

重要与否，并不那么重要。冷暖自知，识趣地活着，生活就有滋味。

陆

一个转身，或花败或花开；一念之间，或天堂或地狱。

凋谢的心，一阵微风足以摧枯拉朽。

一生所求，究竟有多少颤颤巍巍的摇曳？我说的是一颗心的飘忽不定。

人生究竟有多少次的选择，又有多少次没有选择？

没有选择，也不见得不好。反而，太多选择会让人犹豫不决，每当徘徊不定的同时就失去了再度选择。

这个世间诱惑太多，林林总总，层出不穷。抵制不了，就失去自我。自我已沦陷，就谈不上更好选择。由不得，因已受于妄欲牵制。

寻回自己，也只能再度折转，那时已物人皆非。敢问又有多少次的重来，不是让人悔之不及呢？

能否重来？再不重来。

柒

落下一帘幽静的清欢，可不闻窗外风雨多急。

历尽繁华的心，剩下的将是简、素、淡的色调。所有的大红大紫淡出眼底，所有的狂妄热烈遁于无形。多少人在滚滚红尘里半魔半鬼半疯癫，然而癫狂一切也将倾覆了一切。

焚一炷香，烟灭神定。感受到自己的真实存在，行在人世不负天地人神，鬼亦不来缠身。手段与心术，玩弄到最后，焚尽八荒，心已涂炭。

完整的生命，从不折损这颗心神。

捌

心中有菩提道，拈一朵禅花，花香自在。

静默修心，觉醒于世。于岁月之中落落清欢地行走，简到极致淡至清欢，这样的生活滋味最耐得咀嚼。

一旦咀嚼，终生不忘。

像最初的生命开始，如此的纯净无邪，才属于自己需要的结果。过程的不甘与挣扎，百转千回以后，那也只是又回到最初的心啊。

任何痛苦不堪与滋生，就是蠢蠢欲动的心所按捺不住清欢。然而，清欢才是生命的至圣，灵魂的至洁。

俗世种种都难以沾染侵蚀得了这份独处与清欢的高尚。

慎 独

宇宙诡谲万象，世界繁杂万千，需要你慎独，不是因为慎独制约你，而是让你慎独自觉制约。

慎独，是深谷幽兰，是夜空星辰，是云外明月，不会因为没为深处幽谷而不芬芳，更不会因为没人看见而不散发它的光芒。

慎独，语出《礼记·中庸》："道也者，不可须臾离也；可离，非道也。是故君子戒慎乎其所不睹，恐惧乎其所不闻。莫见乎隐，莫显乎微，故君子慎其独也。"大体意思是：道，是不可分离的，而分离开来的东西，就不是道了。所以，君子在别人看不见的时候，在别人听不到的时候，也要谨慎自己的言行。

慎独是一种情操，一种修养，一种自律，一种坦荡。它是指人在独自活动无人监督的情况下，按照一定的道德规范行为，而不做任何有违道德信念、做人原则之事。这是个人道德修养的重要方法，也是评定一个人道德水准的关键性环节。

内不欺己，外不欺人，上不欺天，君子慎独。慎独，是一种操守，一种淡定。慎独的人每做一件事，每一起心，每一动念，都认为天知、地知、神知、我知。举头三尺有神明，要想人不知，除非己莫为。很多事，我们偷偷做了，以为神不知鬼不觉，却一夜之间天下尽知。

慎独，在自觉的状态下，体会着生命本真的乐趣。慎独是心灵的自然有序，是自觉的天人合一。慎独是一种清明的境界，一种高尚的情操。坚守慎独，感受纯真。生命恬然，生活坦然，心灵和谐，从容豁达，宽容大度。

慎始敬终，默默无闻，无为而无不为 。慎独的人纯洁而善良，真诚而守信。不以物喜，不以己悲。任世界物欲泛滥，永远坚守内心的纯净与宁静。他们站在人性的最高处，向世人昭示了生命的本真与智慧。

史上某宰相供公职，夜间，在家处理公务，点朝廷供应的蜡烛。夜深了，公务理毕，转入私人读书时间，则吹灭朝廷供的蜡烛，转而点用私家蜡烛。家人曰："夜深人息，何必如此，又没人看见。"此公曰："君子当慎独也，人此一生，所作所为，不为做给别人看，是为对自己有所要求、有个交代。君子修身，贵在慎独！"

《五元灯会》上曾记载有这样一则故事：由于战乱，普陀寺的众禅者决定迁移庙址。在迁徙途中，只有豫通大师一人坚持早课，从不荒废。有人劝曰："此处无佛，大师可不必如此。"豫通大师答一偈子曰："此处无佛，我心有佛。既诚我心，是诚我佛。"做人做事贵在自觉。

柳下惠坐怀不乱，许衡不吃无主之梨，杨震不收黑夜之金，许由清溪洗耳，屈原被流放仍然"沐后弹冠，浴后更衣"，无不凝聚人性的光辉。这就是一种慎独。

《淮南子·说山训》曰：兰生幽谷，不为莫服而不芳；舟行江海，不为莫乘而不浮；君子行义，不为莫知而止休。君子慎独，如兰生幽谷，舟行江海，无人也始终如一。

只有独处，才见自己赤裸裸，没有虚伪的伪装，没有曲意的迎合。我们在此时，可以看见最真实的自我。当我们率意真诚，人前人后一个样，也就做到超凡入圣的慎独。

慎独是一种使自己心灵更加强大、道德更加纯洁的修炼。慎独是在静夜里观照内心，是否还有贪欲，是否还有淫念，是否还自私自利，是否有违道德。慎独，是穿透内心，让自己赤裸裸，全身心通透，成为一个水晶玻璃人。

因慎独，格物致知、正心修身。所以，这世界需要你慎独，也需要你学会慎独。

第四辑

仰望星空，总有一颗穿越层云凝望你

穿越滚滚红尘，走过车马辚辚，风波落定的你开始淡看俗世的烽烟。前路一片清明，告别了杀伐，你开始在柔软的沙发上临窗而坐。远望，一定有一颗星在提醒你，此刻，还须前行，总有一颗星星在前路等你。

不必苟同

壹

好一个，不接受。

掷地有声，毫不含糊。不能接受，是回绝，是此止。看似彻骨的一句话，界线却是如此明朗清晰。

不能接受，就是观点上不认同。

有些是原则，不可退让的原则；有些是态度，必须阐明的态度。

咋咋呼呼与它相悖，模棱两可与它相悖，畏畏缩缩与它相逆。拒绝之拒绝，接受所接受。

不接受，就不愿苟同。从某种程度上来说，它是可以与世同流，却排斥着合污。仅一句不接受，包含着血性，彰显出威武。

贰

多少事让人左右为难，举棋不定？然后，进退两难，徘徊千转。有些半推半就在半许半反里沦陷；有些半睁半闭就在半见半隐里交易。

站在半间半界的两端，为难自己。然后，用无数次的自我安慰，来端平内心的界线。事实上，怎么也逃不过苟同的逐流。

越害怕得罪些什么，就越在他人的世界里深陷。之后，迫于无奈也只能将就算了。

一个人的立场，所有的摇摆不定，更多的是，说服不了自己不能接受的理由。甚而，在不能接受以及不好不接受里别扭了自己的初心。

含糊，永远是无法划清的界线。不可原谅自己又没有说服不原谅自己的做法来苟活于世。恐惧之魂，忐忑不安，只能用自我欺瞒来化解，才得以平息。

不清不楚，就不清不白；不明不白，就云里雾里。

叁

有些作为，不能接受。

不在他人世界里凭恃，明摆着的态度，不需要去掖藏。

有些拒绝看似残忍，总好过在苟同里唯唯诺诺着生活。强忍着焦灼，焚尽了初心，生活对你本该接受，自己却把自己推向不安之地。别人对你不置疑，自己却把自己来愧对。

简而言之，“不”就是“不”。

不接受，是一种明智，也是一门至高的学问。

人生，风一程，雨一程走过来。

路人，来一个，走一个的过往。

岁月风云，周而复始；天地之间，日月轮回。

接受自然的规律，不接受勉强自己抑或强求不情愿的事物。

肆

有人问我，你信佛吗？

我说，我信大自然的规律。

有些话，不必去说得太否定；有些事，需要说不接受。

别人有别人的信仰与习性，你有你的信仰与喜好。不同的信仰、爱好、习惯，其实都只是不一样的生活观念罢了。

你玩儿你的，我玩儿我的。相干的人自然玩儿到一块，不用套近乎，自然就彼此欢喜。不相干的人尿不到一个壶里，就不必强求得来的共鸣。

我们对生活的接受，殊途同归，其实都是在追求生活的乐趣，生命的价值。

我们对于不接受的事物，就是不愿违背内心来苟同不情愿的生活方式。

独自形成的生命意义，需要有个性，有主见，才有生命的张力。这样才属于你自己的生命的拥有，别人掳掠不了，也难以复制。

超凡脱俗的人，往往是具有孤洁的精神与清高的生命。他遵从生命的自然需求，也忠于内心世界的声音。

伍

朋友圈里，有一个所谓的书画艺术家，让人生厌。

讨厌自有讨厌的理由，索性就设置朋友圈权限，直接屏蔽了他的更新内容。

不接受，因为太扭曲。不愿看，因为不值得看。

当然了，也不是只根据个人喜好来论定作品的好坏，这与书画作品好坏没有关系。只是一种不接受的行为方式，这样的方式违背了一个真正艺术家的基准。因此，选择不关注。

我尊重每一个人的作品，但是与接受不接受他的行为是两回事。

不接受以自吹自擂的方式来对自己的作品大肆地炒作与过度张扬，还得意自诩有多么高的收藏价值。

不接受以不遵循创作的初心来炫耀标榜所谓的作品，以扭曲做作的方式博取别人的眼球。

不接受自以为是的言辞、沽名钓誉的行为来对自己以外目中无人的方式傲视于他人。

大概就是，因为虚空，所以虚伪；因为恐慌，所以不自信也难入定。简单来说，就是因为不自知所以然。

没有谦怀，又怎么能承载更好的作品？

陆

太渴望得到别人的关注，就一味地削尖脑袋去钻营。在他人看来，或许这就是一种现代的营销手段，实际上已经违背了做事的基本原则。

任何事情，适而知止，遵循自然。

过度张榜，恃才放旷的人，往往使人们内心排斥，不愿接受的都是言行上的做作。

一个人做的事好与不好，不是光靠自己的嘴巴来说，而是别人能否接受你的行为，最后，才从个人的行为去欣赏你的所为。

真正有内容的艺术作品，它是一种语言。不需要解释，艺术自然就会显露出无形的价值，自得世人喜欢与追随。

有实力的人，往往低调。越是有渊博知识的人，越是懂得低头，越是卓越的人物，越是谦虚，真是大家，自懂敛心。

懂得自己的不足，才能发现别人的好，从而不断超越小我，强大自己，不至于以卖弄的手段来自我吹嘘。

柒

不接受，就是不愿苟同。

一个人，从内心上自然去接受另外一个人时，一定是他内心很需要的人。而这个人能做到的一切，总有他本身就缺少的一面。

有时，我们的认同，除了符合内心需求以外，更多的是他某一面超越过自己很多，并且可以促使自己进步、强大，应有的激化作用，无论学术、能力、品德、智慧、精神……

然而，人心太容易浮躁。一点点小成，就沾沾自喜，自视甚高。忘了自己，过于自我表现。

多少人，不被别人接受，注定孤寂一生。

曾经以为，自己有多么大的天赋，多么高的艺术水平，多么耀眼的光环，多少响亮的名字，多么多的观众追随，都只是欲念，也只是曾经，不会成为永恒。

当，把持不住自己的重心，于这个人世间摇摇欲坠，不经风雨就破碎一地。

因为，内心不愿苟同，就不能接受长久。名副其实的名家，从来不敢去声称自己是名家。

赋予此等的名义，离不开三点：

一是人们的接受，二是社会的认可，三是保持一颗自然纯真的心来追求完美的行为。

捌

人，总食人间烟火，无可厚非。

所有的一切，不必刻意渴望能有多少人接受。

做好任何人都不接受的心理准备，去攻克突破自己，才能不断去超越别人，得到发自别人内心的欣赏与接受。

做好自己，不遗余力地去追求完美，唯有真正的强大，真正的精致，才备受他人的仰慕。

做好自己：

所有的内心呼应，身心一致。

所有的身外之物，不请自来。

所有的价值体现，水到渠成。

不接受不该接受的，接受该接受的。于心，就简单不会负累；于身，就轻松不受束缚。

取之有道，顺应自然。生命所需要的接受，到了某一天不期而至，不唤则来。

玖

不接受，就不愿苟同。

不负重，就不会负有心债累累。

但凡苟同不自然的所为，皆用一辈子也难清得了不应接受的接受。

最好的活法：

不为外界的诱因而动荡了心的不安；不因得到而造作修饰了初心的纯真。然后，用简单的方式做好自己，简单的生活，用简单的需要去超越简单的生活。

不接受，就不愿苟同于尘世间的蛮烟瘴气，你的世界，始终如一干净、透彻……

熬，恰似你我的曾经

——细嗅蔷薇系列　肆

壹

熬，在这个过程中，不是事所变质，就是人所变心。

熬得太久与熬得太短，都是不同的滋味。最理想的熬，是能够一次性彻彻底底地脱胎换骨直至刻骨铭心，时间不宜太长或太短。

总有些事，不经意间就自讨苦吃；总有些人，悄无声息就会形同陌路。

有些隐忍，需要揣在裤袋里行走，不是见不得人，而那是隐忍需要揣着坚强，不是不想让人懂，而是真的有苦不敢言。

有时候，倒了一地的苦水，在别人那里闻到苦味也会跑得精光。强颜欢笑也得活到苦尽之时，纵然所有人都已远走，独自苦苦地熬着这一味，不畏旁人诧异之眼光，心无旁骛引颈而饮，自熬知味本乃活下去之常态。

熬到出众，自得其味。它概括了人间的种种难以言表的苦涩，也融进了生活的千难万愁的滋味。

一个“熬”字的尽处，见其手腕，知乎魄力，晓明耐性。

熬不下，便早早夭折而仓皇出局。熬是猛火正旺，而身躯是锅底，心灵则在其中，似水无减，添增不息，揭盖而探魂则不焦亦不裂。

熬，必将是心灵对未知的最大拷问。熬尽苦头咀嚼万千，方得真知。

贰

人生的资本，在于内心的底气。简单来说，就是心灵的力量。

这份底气来自苦苦地熬过，尝尽了生活百味，品透了人间荣辱。之后，能在俯仰之间纵身一跃高贵出世，再度昂扬。

生活，总是要人遍体鳞伤以后，方懂得珍重。

像是火焰万丈以后残留的死灰，再次复燃。像死过的人，一点星火就燎起生命的热量。心未曾死仍能复活，应该是余爱从不熄，良知亦不灭的这一份热力岿然独存，随时随刻熠熠生辉。

重生以后的人啊，可举千斤若扛一羽，拥万物若携微毫的举重若轻。之后的生活，无须旁人作衬，独自一人一几一壶，浅斟慢品有滋有味，早已知晓尘世之殇与浮华如水雾，像一盏茶间缭绕飘散随风而遁。

人生非熬到最后才能把沧桑看尽，经受了世事刁难才不惊于冷暖流转更迭。

人生总有些苦头，需要人去品尝。也只有在苦头里深熬百炼成就一躯不散落的风骨，当迎着寒风冷雨的呼啸时，眉宇安详气定神闲，吐纳恒常亦行无躁意无狂。

熬尽以后，那年那人不见轻狂不乱方寸，日愈大美。

叁

泪眼婆娑，终究救赎不了脆弱的心。只有在与熬之周旋，不愿与苦不堪言长伴，总得来一次彻彻底底的短痛。

熬，是一种不愿意面对而被所迫之如火煎折磨以后的明智选择。苦苦挣扎在爱与痛的边缘，久久徘徊在得与失的路口，熬到了尽头终得觉醒。

三千云与月，五千亭台与楼阁。一段苦苦前行，一路烟尘不休。煎熬之间，断去种种杂念，弃下心之执念。倏然之间，前路虽漫漫，已成一阵轻风悠悠而行。

熬尽以后，柳暗花明，峰回路转。

这一路，或许旁人会说：你看，你看啊，都熬得不成模样了，还熬什么呀？也或许会说：这么苦苦的熬，何时才是个尽头啊？

真心与虚假，怜悯或讥笑。掺杂着一半一半，什么样的话语已经不重要，重要的是始终靠自己熬出自己的生活滋味。

别人未曾熬过你的苦，自然不懂得苦中千般百味；别人生来太顺境，自然也不懂得逆境的险象环生。而这一路砥砺前行，都是心在路上苦苦之中细细地品味一点一滴。

只有熬过，在亦真亦假之间方从容。若熬不过，就在半就半推之间妥协。

每个人的熬法，都有每个人的味觉。味如嚼蜡或鲜美，自知便好。

你的生活滋味与常人不同之处，不必在意旁人那些添油加醋，足够纯正的熬，就会有纯正十足的味，熬到了一定的程度，于心便是聚集了人间这份苦尽甘来后的滋味。

最后，厚积薄发，磅礴在世。

肆

过上想要生活的模样，是在煎熬里历练而来。

一筹莫展也好穷困潦倒也罢，或许真的比不上那些衣不遮体、食不果腹之患难者。

所谓的熬，比别人更有模样，只是自己已经把自己不当成模样罢了。心在作祟时，比别人的难更难一层，怎么又成了这副模样？这一幅面目全非瘦骨嶙峋，是那一颗心在凄凄惨惨缩减着苟延残喘吧？

蛮荒囚徒牢骚满腹滋长出千疮百孔的心，难以修复出一具完整健康的魂魄来。

谁都不是谁的救世主，只有熬尽以后才是唯一的出路。

路过的人，并非在苦难深重里煎熬过。然而，你所有的那些苦不堪言，最好是心无旁骛地在苦其心志之中所需要的缄默而不愿多言，而不是沉沦在苦痛之中的无言。

沉舟侧畔千帆过，病树前头万木春。但愿，不做沉舟亦不成病树。

伍

天行健，君子以自强不息；地势坤，君子以厚德载物。

熬到极致，自强间厚德，不息里载物。

生活的模样，终究在面目全非里弃伪存真才认识自己，那就是熬尽以后成就一躯挥洒自如的阳刚之气，以铮铮铁骨的姿态笃定行至千里之外，谨见真我。

熬成这模样，生活就无从能逼迫得了心魂的变样，可细嗅蔷薇，痴深于味。

相忘于江湖

——细嗅蔷薇系列　伍

壹

伫立于江湖背后，望着彼岸已远去的人。

相忘，转身已然天涯。所有人，既定的远方，既往的走向。江湖中不再见，已成最好的彼此珍重。

江湖，在一瞬间，不是纷纷扰扰，而是各自归隐。只有在江湖中太过于惦念那一场风起云涌的那人与那事，那流年与殇别……

这人世间，没有永远的江湖。厌倦了，就没有了江湖，就没有了念想。没有了江湖，不是真的没，而是已经不谈不念江湖旧人旧事，谈江湖以外的孤独归期。而孤独，就是只剩下一个人的踽踽独行，也只因为，那些人已经远走，远走他们的远方，而自己也在既定地奔赴着一场清净的修为。

只有孤独，才是自己的江湖。也只有自己，才是江湖的王者，那里没有怨恨与宿仇，只是心魂的喃喃对话与最大好处的应允。

孤独，才是江湖最终需要征服的一战，不是热闹亦不是喧嚣。江湖，最后的殊死搏斗，就是独自一人行走在陌生路上随遇而安的殊荣，不是之前的盟血誓约，而是之后江湖安然的归隐。

归隐，一个人的生活；相忘，彼此之间两忘。不计恩怨与情仇，是站在了至高的地位，活在秩序的持重。

持重的心，行在江湖不飘摇。

贰

什么是江湖？人即是江湖。江湖是什么？恩怨即是江湖。有人，就有恩怨情仇，就有争权夺利。

而江湖的正道，是世间法则。

人在江湖，所不被牵扯。也只有保持着清奇的骨相，它蕴藏着的初生的磅礴力量。所有骨相以外的形与容或者是物与非物都可以靠描绘来效仿夺取。唯独骨相是依靠心灵之沉淀而生，依存宅心仁厚而奠定。

那么，骨相又是什么？

骨相是一个人生来到死去的那一份清高与正义，是骨魂之间所流转的那一份仁怀与魄力。从不与世俗江湖之间的邪恶同流，虽走在江湖中，他最终的归宿并不是名利的取向，而是保有一份独醒于世的清静。

简单来说，骨相是精神的纯净风骨，是灵魂的纯清品相。

江湖琐碎，敢追求纯粹的事与物，需要莫大的力量和舍弃的勇气。相忘或是不念必然存在于江湖之间行走，不逐放在腥风血雨的相投，骨相就不会因此而变了形体。

相忘于江湖，不必纠缠不清在非我族类里变了骨相。你有你的活法，别人有别人的玩法，各不相干，各自安好。

谁将相忘，谁曾相恨？谁，都不知道原因。也许，只有流风才知道了原因。江湖上的百般澎湃，与你没有一丝丝的波痕，怎会撼动得了内心那一股宠辱不惊的力量呢？

内心笃定，无所谓于外界风起云涌。相忘，只为了更好地珍贵自己。满腹心事无人与说，退出江湖的纷繁，与孤独说。

人心里有不高兴，得靠自己与孤独诉说，别指望在江湖里能与热闹虚无说，说了也不懂。

退隐的人庄重了真实，就是遵循了生活的法则。

叁

人间纷繁，世风日下。一物可以换一物，可人心竟难以换人心。

江湖，救济不了一个人的骨相损毁，反而容易让人陷进别人的世界走不出来，这何尝不是一个江湖的牢笼？

走不出江湖，就放不下恩怨放不下情仇，又怎能按照高兴的样子活着？

江湖路上，来来往往不计其数的那些人那些事，终归还是要回到你一个人的生活。

无所谓，那些爱与恨，恩与怨；不计较，那些念与忘，离与去。相忘于江湖，放下了过往，生活不再是颠沛流离。

终日惶恐不安，本身于心是宿敌。江湖是人与人之间的那些事，放不下大抵是因为某些人某些事不明不白之间不翼而飞所不知缘由吧？

苦苦驻足在江湖世事之中不能相忘，而不懂那些过往冥冥之中他人已然遗弃，只是太在意些什么就会失落些什么。若，都忘了，又怎会去在意？

过度在意江湖世事，就深陷纷争不息。关键在于，没有人非要与谁无休止地谈论那些陈年旧事，也没有人非要与谁念念不忘那些怨念。

走出江湖，风雨不再，安然一世。

肆

相忘于江湖。或许是，需要一个人彻彻底底的透悟，任何事与物终究不是以忠肝义胆来维系的存在。

唯有强者，方能保护心中所爱的一切。而，江湖独有纷争与险恶。一个人，陷入了纷争就是险恶环生，一颗心，落在了得失就是不择手段。

时间，会让一个人逐渐变了，变了品相的模样，变了性情的姿态。

多大的江湖，都敌不过时间的悄然荒芜。那一点微微的薄凉随着岁月无情，渐渐同化着无情的江湖。忘不了，那些美好，那些善为。相忘那些怨怨相对，恨恨与怼。

江湖的尽处，不闻不问过往种种，不欠不伤全身而退，此乃善始善终。相忘于江湖，占尽世间清与华。彼此之间成全并与岁月静好。

如闲云野鹤一样了无江湖种种束缚，静俯蔷薇前，细细嗅闻生命的优雅。

相忘于江湖，亦如忘我曾不知深浅地涉足过那些不休的怨念与入骨的恨，是徒长着伤悲记忆的蔓延。种种纠缠不清而非我所愿，因此相忘，最好一去不复返也一干二净。

相忘于江湖，谢过曾经。

就此，别过。

笼 里

——细嗅蔷薇系列 陆

壹

关在笼子里的狮子，由人饲养，供人观赏。每天吃饱喝足，只能睡觉，久了生厌。

一个笼外的狮子走过，它们都好生羡慕彼此的活法。

笼子里的狮子想，如果我在笼外生存，可以自由纵横，爱干吗就干吗，该多好啊。

笼子外的狮子想，假如我在笼内活着，可以不忧愁吃喝，想睡觉就睡觉，多享受啊。

于是，两头狮子商量以后，就进行了互换环境来体验生存。

贰

笼子里的狮子回到了大自然，逍遥自在好生威风。只是，不久便死了。死在了无法再去适应自然界里的自食其力，也完全忘掉了在自然界的弱肉强食的法则，丧失了原始生命动力的迸发，每每面对异类的撕咬杀戮以及同类的相残搏斗已毫无战斗力，一步步在自我的吞噬里妥协于现实的残酷。

它死在原有保护里安然的习性。

笼子外的狮子回到了笼子里，异常兴奋地爱上慵懒散漫。每天定时有吃有喝，从来不愁生计。时日不久，慢慢也死了。死在了一身的疾病，原因在安逸的温床上丧失了生命的动力。也只因为，少了争斗就全然忘了自我的保护与独立生存的能力。

它死在了欲念之力里内心的自残。

叁

假设，经过了一段时期的适应，之后这两头狮子又进行了调换环境生存呢？原来在笼子里的狮子又回到了笼子里，原来在笼子外的狮子又回到了大自然。

那么，如果都通过了调换，即使它们都是可以适应原来的生存方式。

最终的结果应该是：

笼子里的狮子未必能活得太久，因为它已经在得到保护中丧失了那一份野性和动力，少了争斗与自卫，就会少了危机与灵动。残酷一些来说，如果都没有饲养，这个狮子也难以有破笼而出的力气。

笼子外的狮子也未必能生存下来，它爱慕保护与安逸，纵然能重新唤回生命的力量，也因为曾经的念想改变了原有的勇猛与风范。现实一些来说，总需要保护才能生存，这个狮子永远囚禁了内心的力量。

前者因为有了保护而少了斗志，后者因为没有保护而有了贪恋。

两者都是再活不成原来的样子。

肆

今日，偷得浮生半日闲，便与悬挂在檐下笼子里的金丝鸟相对。

近看一只金丝鸟，在竹笼中由人饲喂，叽叽喳喳，好不快活。竟不知，若不在笼中，能任其翱翔苍穹云海之间，是否又会更快活些？

或许，由不了它。

选择了在什么环境下生存就有了另外一种活法。

有时候没有选择，是难。换一个角度来说，在特定的环境下没选择，才能形成内心的保护。

要仰仗有所保护，是难也是罪。

难在哪儿？既然，快意不了，只能独处一笼，自得其乐，所以叽叽喳喳，难在难以自由快意地活着。

罪在哪儿？除非能够在心中有自我保护独立生存所供养，不眷恋外在任何形式上的宠护，除此以外是罪。

被人宠爱着，自然是一种保护；有了心中的保护，给予保护的对象自然就根据需要来酌情保护。

仿佛这一只小鸟，拘捕在保护的笼子里，束缚了高飞的力量。了无无尽的野心，也正因在有恃无恐中尽欢，这也是一种活法。只是，如果少了喂养，失去保护，这个小鸟又将如何生存？

伍

既然不在别人的圈养里活着，就在清正的世界外悠行。

谁又曾把心身全部付诸到一种保护之上地活着，而这样的生存总得根据保护对象的颜面心绪所恐慌着时日里的点滴，把整个人活生生地放到了不属于自己的属地寄存，就是一种心笼。

于笼子内外，恰似这世间的鱼与熊掌，永不可兼得，所以顾此失彼。

当渴望得到保护时，有时候就会滋生被圈养的心；尔后就会无形之中少了放飞心灵的力量，最后，俨然已经不是当初的自己。

真正的保护，是从来不需要在谁的圈养供给里得到生命的保障。

陆

一个远方的读者来信，大概因为保护圈所失陷，而沮丧万千。信上说，已无退路，瞬间生命一片苍白，自此以后势单力薄，无从去向，悲伤凄楚更与谁说？

我回话说，那是你已经习惯了在别人的心笼里得到保护，已然走不出你自己。如此一来，你因为依赖于保护，却难以再独立自保。

哪里的疆域更辽阔，就往哪里翱翔。无所畏惧，无所拘束，心灵有翅膀，展翅高飞，一定就悠然在笼子以外。

不执一物，静之超然

心静则明，品超斯远，乃名言至理。

内心澄澈，不执于一物才能做到动静如一。

心中平静自然就明澈，如同平静的水面能映照出事物一样；品超便能远离物累，由于内心不受情欲爱恋的牵累，行事自由自在。

没有阻碍，如同云不受人间牵绊，又不为天空羁留，故云：“其所以神化而超出于众表者，殆犹天马行空而步骤不凡。”

传说佛家禅宗五祖选继承人，大弟子神秀道：“身是菩提树，心如明镜台。时时勤擦拭，不使惹尘埃。”慧能即说：“菩提本无树，明镜亦非台。本来无一物，何处惹尘埃？”五祖于是将衣钵交给慧能继承，慧能成为禅宗第六祖。

超然于物外，静看行云流水般从容；远离喧闹纷扰，静思得失荣耻；超脱凡俗，静足以平定躁气矣。

谋事、求学而成者在于静。《大学》有云：“知止而后有定，定而后有静，静而后有安，安而后能虑，虑而后能得。”

心若静宁，思智蓬勃。

做大事的人，则具备神闲气静、智勇沉着的气质。毋庸置疑，狂躁者，势必无成事。

足智多谋的诸葛亮就是靠沉静镇定演绎了一场名传千古的空城计，相传当时司马懿率领十万大军向荆州城压来，而城中只有少数羸弱之兵，而向外调援军已来不及，诸葛亮命令大开城门，让几个老卒洒扫于城地，他自己则带一琴童在城上弹琴，其仪态悠闲沉着。司马懿见此，恐中埋伏而退兵，本举手可得的麦城却抵挡不了诸葛亮静后的谋略。

心静则明，俯听天籁之音；洞察世间百态，诠释万物之因果，体察点滴入得肌理。

心静，无浮躁之气，心神安详，纵然面临天崩地裂命悬一线仍纶巾羽扇，这样的人往往可以力挽狂澜决胜于千里之外。

一个心静的人，即便处于喧嚣之中，众人涌动，他的心门以外仍能扼得住万千浮尘的侵入，可以聆听落针之声，整个世界风烟俱静。

你看，镇静自若的人，向来体察入微，游刃有余；不妨静观其变，淡而消窘。

心静，乃去之浮躁，取之静宁之精简。绝不会是建立在鲁莽之上的勇气。应该是一种从容不迫的稳重，它翩若惊鸿，宛若游龙。

古往运筹帷幄的智者，在静默中调兵遣将，攻略一个又一个的城池。那也都是，静气所能让人智通。

做一个身心静气缭绕的人，便能投射出智慧的光芒。

人若有静气，风度自来。

秘密与谎言

人与人之间往来，所有的谎言背后都隐藏着不见天日的秘密，而秘密是心中盖了封印的条规，这一张条规紧紧地放在心中严密着不可泄露一丝丝的风声。

秘密，只有自己懂，死死地按着封印，不可开启，不可示现。现身，即是毁灭。

有秘密的人，言行极为谨慎小心。生怕稍有不慎，便开启惊天秘密让人识破。总得设计一个又一个的圈子圈套，设定一个又一个的迷阵迷局。

破局，即是破绽百出。深藏秘密，最怕面对破局者揪出缜密的谎言罗网，面对更胜一筹的破局者一一解开天衣无缝细密针织的谎言。

人啊，有隐藏多深的秘密，就有多大的恐惧。

人到死去，仍然有秘密，埋入尘土，都是死不瞑目，也只因，得不到世间的理解与宽恕。更与谁说？与谁说，都怕泄露了内心的秘密。

无人能解，无逢对手；有人识破，死而带恨。

秘密，是解是结？

皆看秘密本身的性质。亦看谁能解，与谁能知？

纯粹的秘密，不带有邪恶之意，都不是秘密。于人前人后，虽也生怕识破但不至于恐慌到魂飞魄散。

恐慌到魂飞魄散的秘密，除了超越到了人性的底线沦为恶魔的现身以外，再者就是无法去面对因为邪恶铸成千夫所指的罪行。

一般来说，秘密越多，谎言越多。没有秘密，当然就胸无宿物，光明磊落。

我们生来都有秘密，只分为细巨或善邪，简单或复杂。

简单的人，即便内心有些小秘密几乎都是善意的；复杂的人，秘密大多窝藏阴邪。

但凡不可告人的秘密一经张罗，即费尽心思千方百计，可以从容不迫羽扇纶巾，也都是装，而装得越是像，反而越是大秘密。秘密越是大，假得越是逼真。更有甚者，翻手为云，覆手为雨，付一谈笑之间可以瞬间将自己的阴谋冠冕堂皇巧取信任扭转乾坤反打一耙，无辜的受害者便横空出世，自此不慎终生颠沛流离。

坏人，善于掩饰。而真正高境界的伪饰，是能把假活生生成像真，逼真得不见一点点的痕迹，自然得太“真实”，只怪面具之下太张牙舞爪所以得“真实”。往往不是常人凡眼能识破的，也只能通过时间来一一验证揭秘。

好人，直来直往。好人从不需要去掩饰虚装，自然真实，没有面具，与人往来不必伪装；不掩不掖，不偏不倚，爱与憎天地可鉴。

人行于世，无愧于天地与人心，怎么会恐怕众人所识破？

邪恶的伪装，都是一种活脱脱的谎言，总到最后，欲盖弥彰；善意的谎言，有时候只是一种保护的秘密，宁可成全从不曾加害。

撕开那些虚伪的面具，在现实面前太狰狞，狰狞的本身都是被利欲熏心所扭曲。那些千折百转的阴森森的小道，无人愿意去奔赴，只有阳光大道干净明清，万人空巷人头攒动。

善于谎言，秘密难数，真假难分。尤其是面对那些梨花带雨，葬花哀叹的美怜，甚至能让人一度怀疑自己的判断不再正确，眼见之处不足以为证。

有些人，一生一个秘密，藏匿在内心，每每夜深人静，似乎一头猛兽挣脱了牢笼肆无忌惮地狂舞，却无法挣脱得了内心的牢狱，印记在心间一辈子难安。

常言道：若要人不知，除非己莫为。

不可为而非为之，做尽了见不得人的事，都是伤天害理，自然不敢对质于内心的良知。一旦道德被扣上了秘密的枷锁，就会不断用谎言来解脱。终极啊，作茧自缚，越缚越紧。直到某一天，难以呼吸，一生就锁在恐怖如斯里折腾不休。

干净的灵魂，没有秘密，因为内心从不阴暗；磊落之上，没有谎言，因为不值得掩饰。

真实的人，清风朗月，干净通透。

世俗眼光

傲慢与偏见往往被狭隘的逼迫所了无出口，然后表现在形态之上的异样来挣脱解放。这到底是用世俗眼光审人度世，之所见一斑略知一二而已。

任何形式上的扭曲，都是关乎心底的丑陋。丑陋的人性，往往只有掩饰来进行着内心既盛大又阴森的秘密。

有些人，不可读得太深。非要读懂这些真相，不如糊涂着不去计较真相。读得太深，就太苍凉。选择相信一个人的好，并不是他到底有多么好，只是，相信他并不会坏到某个程度而已。

俗之所欲，因而予之。偏偏总有很多眼光，与世俗同在，心在世俗，身在其庸。

于人前人后无论哪般的存活，离不开那颗内心的欲动，欲动之处无非也就是功名与利禄的熏心罢了。

但凡抱着世俗的眼光，目光所及之处都会是狭隘短视亦缺乏远见。一生所求，幸得也一定是卑微之作。

很多时候，尽管我们都不否认自己是俗人，但是真正可以抛开世俗，放眼天下的人，却屈指可数。更有的人，以仙风道骨，圣物禅心居世，事实上，又有多少人不是以庸俗之实来欺名盗世。

真正意义上的高风亮节，不与世混浊。同样有七情六欲，却没有那么多的世俗之见。恰似庸脂俗粉，从来敌不过天生丽质的自然本质。

其实，很大程度上，根源就在自己。说到底，就是人心蠢动所欺瞒而过，结果人性作祟。

地有好生之德，花有荣枯之期。世俗的眼光，怎么会懂得更替与德行？

玩俗之心，弄庸为雅，其本沦陷。察之根本，到底俗不可耐。

与世共行，不与俗光同在。所见之处，清净纯粹。

矛　盾

世界上的一切事物都包含着两个方面，这两个方面既相互对立又相互统一。通常总是在一念之间，不是天堂便是地狱的天壤之别。

矛盾即对立统一，并具有斗争性和统一性两种基本属性。偏偏有些人与事，总在欲罢不能时竟又趋之若鹜地追求着这样的矛盾。看似叫人流连在其中实则千愁万绪兜兜转转，不明不白不成不就。

所有的矛盾，终抵不过一句爱恨分明，那些恨之入心骨又爱所不能释怀的虚情与假意，明知不为之所动总是在意气里反复翻云覆雨的欺瞒。

恨不得，又舍着不去；放不下，又弃之不甘。

说到底，是心的作祟。

明明可以活得很明净，偏偏活得太浑噩。

这是糊涂吗？

明知不可为而为之。天下难以抉择，无非就是明知不可为而又不可不为之，更诙谐的就是明知不可为而为之又欺之。

这不叫糊涂，叫糊弄。

大概已浑然不觉该如何是好，所以糊里糊涂一去经年，人尽离去，青苔遍布，风霜冷露。

犯浑的活法，事实上是心被无知所俘虏，分辨不了是非，也判断不了好坏。那么，于取舍之间不知所以，结果在得失之间不知所措。

有些人，宁可在不明不白里人云亦云，也从来不为陷在泥潭里寻找一根稻草，看不懂自己，也不想看懂别人，索性就都不看也不想。

矛盾重重，纠缠不清。更多时候，矛盾的普遍性都存在于一切事物中，即事事有矛盾，矛盾贯穿于每一事物发展过程的始终，每一事物从产生到灭亡都存在着自始至终的矛盾运动，即时时有矛盾。

思想所被左右，被一个矛盾地位和作用不平衡，其中居于支配地位，对事物的发展起主导作用的矛盾方面牵绊，心身处于被支配地位。

可偏偏会有一些矛盾体类存的人，缺乏分析与主见，一生不是糊涂，而是自我的糊弄。看似大智若愚，事实上不知如何是好，不经察觉无法见其内心那般痛苦不堪的煎熬，白日里故作从容的姿态，夜幕下的内心未必都是真的能行云流水般的从容自在。

恰恰相反，有些人，迎来送往，低眉浅笑。矛盾隔绝于千里之外，纠结早早随风遁世。眼见一切为净，无畏于尘世诘难。

那么，这颗心应是如此本质：从不扑腾在矛盾体之中，于大是大非大黑大白面前不折不扣亦不偏不倚，活在明白之处，静看风云变幻而不改初心。

生来，本就是诸多矛盾牵扯，所谓“解铃还需系铃人”。我们不可小觑于诸事自然而化，而有些得以化解，正是所需要正视而为。

颠倒了真理的进行，都是一种带着矛盾的枷锁而负重的生存。现实的生活里，没有人愿意同奄奄一息的人相处，你若化开这些心劫，整个世界也会柳暗花明。

生活不容许矛盾主导秩序，守护秩序就是内心井然，了然红尘世事大是大非与爱恨分明。当，已然不再有反复无常的矛盾造访，你的世界了无蛮烟不见浊气，定然灯火不灭通达旷远。

矛盾不在，优雅不止。

诡　谜

壹

岁月的深处，峰回路转不经意间，竟又惊现仍有隐约的过往，似轻风悄然无声吹过那些早已凋零的枝叶。原以为，早早已然与尘沙俱往，可冥冥之中又枝蔓叶生。

恍若隔世。

曾放肆乖戾的与世隔绝不念过往，又偏偏难以违命，从不刻意去忆起往昔，竟由此触景生情延续着过往。

那一年，彼此不过一次简单的邂逅。时日不久，几次往来。瞬间，又成了一个谜，解不开的谜。人生如梦，易蹉距；岁月峥嵘，烟花冷。

带着谜，不告而别，只因不解。而，留下的谜，无从揣度，也只因难解。

谜，终究成了不明不白的离别。

诡，在人心；谲，在路上。

贰

最见人心，总在其后。有时候，或许是因为一句话而耿耿于怀，抑或是一个眼光而为之寒露。

这个时候，不是见不到别人的心，而是见不到自己的心。

那是存在感的失陷，有时候会误以为冷落鄙夷的入座。诡，不在于别人；惑，总是在于心。我们终究敌不过时间的变迁，更不容窥探人心的变淡，不同的时期不同的境遇生出冷面的差异。

惊诧在于所有的人心变故未经得心有准备，驾驭不了瞬息之间的熟悉转成陌生，一句话足以让人为之彻骨心寒。

世间，所有的温暖没有多少余热可以经得起几番冷若冰霜的凝冻，仍保有热力。究竟有多少片心花夭折在半途之中悄然无声的凋残，不待回头已不堪言。

美好的东西，谓之稀缺，缺之自然珍贵。不说，自得众生苦苦寻觅。

身在尘世，若是干净的心，于污浊之物所不能熏染，于糜烂毒蛊所不能亵渎，踽踽独行，所过无痕。

无痕之心，竟可让人百般寻觅。

多少人，曾刻意地寻死觅活效仿着别人的轨迹，无一幸免于落寞，总尝试在一句话一个眼神之上去揣度，久之成心疾日积月累早已腐蚀。

谜，在诡谲里得不到解惑，整个世界杳无柳暗花明。

叁

这颗心，放得太高，反而不胜寒。温暖，往往只是自给自足，多寒冷的风，也吹不皱心的样子。

谜，若不须解已能自破，这般宠辱不惊的人啊，何曾不是从岁月的风雨深处踌躇走来？不外乎于万众的羡慕，于寂寂无声的缄默之间，活得比所有的热闹人群更为出众。

你的心，可以成为别人的谜，竟不能因为别人而锁尽了你的心。那样会成了诡谜，那么人生的路，就太过暗沉阴郁。

寄存于心情，最好的方式就是妥妥当当贮藏于心间。于万千过客之中点点滴滴或断或续，是屋檐细雨，淅淅沥沥似有若无；是空间禅音，飘飘忽忽似远若近；是眉宇之语，藏在心里吐纳恒常。那都是心之所系魂之所依啊，可轻语不可道尽。

于大喜大悲之间，只听到远处传来的风语，只闻到空中送来的花香，从来没有哗众取宠，竟可以穿透苍穹，一经拂过，人心，总能念念不忘。

肆

诡，于这个世界本来就从不随心，而心往往追从着这些谜，追到了最后不见踪迹，恍恍惚惚间自己也不见自己。

即使，百般折腾冲破了云霄。终于来了，还是来了，不见风影不见光波，阴郁得不见了背影，也不知道，还是不是原来那般落落大方气宇轩昂的人？

谁，又曾能效仿了谁？镇守住不变的心魂，穿越在斑驳陆离的岁月，任凭无情不被伤及。

不被善待，仍与善为

——诡谜系列　壹

一个从不被善待的人，最容易发现善良的存在。

不被善待，或许只因为周围极缺善念同生抑或处在了无安全的危难之中，定然渴望着生来与善性相行来美美与共，亦将隔绝危机四伏不与丑恶苟同。

大概同行的人，熙熙攘攘纷繁复杂，眼里所见皆心怀不善。内心极为向往并仰望着这一道熠熠生辉的柔和，宛若皎月映照，朗朗普华，清净如洗。

若良心尚存，慈悲于怀，与善共永；而良心泯灭，青面獠牙，张狂舞爪。善恶从不两立，便各有各的世界。所以，不在一个系统里，明者净重，暗者浊化。

而不被发现的善良，有可能会成为一种谜。善良的人不在于明示，它便隐逸于心间，笃行于尘世。本质上，善良的心不愿表现出善良，或者是保留着一丝丝的锋芒，从不显露于人前，而是收敛了起来，用于与邪恶相对时的绝对震慑。

拥有善心的人，不是谜。于心胸绝无宿物，也仅仅是与善者深拥，与至真趸交，与至美相吸。

人最诡秘之处，往往是面对善恶好坏之间模棱两可，故作糊涂之态以惑人肉眼，居心叵测。只恐怕，多坏的坏，一直被善良所歌颂着；而多好的好，竟一直被邪恶所遏制住。

好人，所不被发现，才是谜；坏人，所被众生捧，才是诡。

不难发现，看似名义上的相依，不是为命，而甚深于利。

有时候接近了善念，而感觉不到存在。也不知到底是人心隐藏得太深，还是因为恐慌别人知晓太善良而受到威胁而迫于藏匿。

如果说，善良藏匿了起来，根本上还是善良；假如，邪恶的伪装变成了善良，更应该是不去藏匿起来，而这个时候更多的应该是以唯恐无人不晓铺天盖地的“善举”来伪装粉饰已经腐朽的品性。

尽管，真实的善良不去因为什么而敛藏着本质的好，也绝不会因为以善良付出而博得众人的关注与赞许。因此，真正的善良是不需要以任何讨好得来的拥趸，而恰恰相反，不被众生发现的“善好”，往往钻营费心在众人唇舌之上的名誉。

不被发现，未必是谜。游于眼底，不见得不是谜。

当一个人把灵魂向上的时候，至尚的思想将会蜂拥而至，其信仰撼动生灵自然天成。

当一个人把精神向上的时候，以不愧于天地人心为天条，无时不在闪烁人性光辉的色彩。

乍一看去，行为举止之间多么的落落大方，优雅不止。这岁月的风啊，不管多么猛烈，也吹不皱这一份善好而笃定的光华。

不是谜，竟让人心悦诚服地歌颂着。如果成谜，至少不会诡谲惑众，也一定是留下一份神秘的美，让人窒息转而望眼欲穿，亦不见其人模样。

当，把谜底破译。原来，尘世的美，是因为有善良的人一直悄然无声地践行着至高的信仰，而我们所不参与的是那些邪恶也一样正在悄然无声地腐蚀着诡谜的躯体。

从来没有人，去追随不被众人尊崇的善好，尽管如此，我们同样在稍不留意里会与邪恶相见，但终究善好成就了人，而邪恶毁灭了人。

暂时的不被善待，不失行进的善为，与之同行，光明磊落，不成诡谜不为人解。

世间的美好，必然也是我们所不知那些姓甚名谁，用一生的善为来凝结着智慧的光，予以后人一世的安详。

一瞬间，让人久久的感动在生命的每一时刻，不是谜，而是真实的心感受到世间仍然大有温暖皆生善意。

纵然，处在不被善待，愿仍不失善念，觐见善美。

披甲在心，百毒不侵

——诡谜系列　贰

岁月的根扎在尘土，盛开了青春的枝柯，滋生了心性的疯长，随着春去秋来越发延缓，恰似我们的年华，越是成熟，越是不再向外索求。

枝柯与蔓叶终究会凋零，任何的疯长到了一定的程度将物极必反。宛如我们的生命，渐而强盛到渐而老去，最后行将就木。

谁人又不曾肆意地挥霍着青春的资本，当渐入年老之时体肤已风干。原来啊，这一缕缕的白发与皱纹，就是生命的沧桑写照——凝练着苍白的生活变成了独自欣赏的精彩，舞尽着生命的点滴或喜或悲或啼或笑，于心间默默地披甲在心，与世不争。

不去争，不可说，不想说。

因，心中有伤谜，不愿诉说。不愿诉说，只因不想任人凭一眼穿透轻易地破解心谜，抑或是无从诉说，无人倾听，无人入心。

别人同样有着不愿说的谜。情节过程迥乎不同罢了，终究没有多大本质上的区别。生来到死去，花开到花落，月圆到月缺的自然轮回罢了。

自己都难以解释的谜，不会去关注别人的谜。自己是谜，本身更需要谜底。当不得而知时，谁的谜也代替不了心中的惑。

真正的懂，或者是披甲在心，把铁甲铜盔代替骨肉之身的贴近，合适生活与否的盔甲常常与心相惜相知。某一天，迫不得已上了身以后，几经调试才知生活的尺码与内心的尺度是否匹配着生命的安然需要。

适配与否？不敢与他说起，恐慌会无人聆听种种的憋屈与不适。从不卸去身上的盔甲，只因怕伤及体肤之深，刺破了这一颗易碎裂的心。所以，紧紧地包裹了起来，不想又受到种种的伤及。

披甲之时，大概曾已有几度的伤痕。心谜，有些时候，变成了唯一自保的盔甲。尽管负重，不可掉以轻心。江湖诡谲险象环生，断不可葬送防患于未然的铁甲铜盔。

有些秘密，只允天地与心知。无人能与去解谜，宁可永远是个谜，来去了无痕迹，从不久久地徘徊不定于谁人或何地。

心若披甲，不惧百毒与刀枪。所谓的千万暗枪与冷箭齐发，不再恐慌兮兮。

天地之间，还有人群。人与人，是江湖，是私念，是顾此失彼，不可兼并，所以唯己自保。

多大的伤疤，不必非要揭底，可以披甲在心，不惧百毒。于这个人世间，谁人又没有隐藏在身心的几道伤痕呢？

没有伤疤，就不会深刻，故事了无生动，让人嚼之无味，听之庸俗，你所谓的“谜”已经不是“谜”，多大的伤痕揭露于人前，不过只是苍白无力的说辞，不足以入心入魂，撩人心弦。

人生精彩纷呈，生活披甲于身，百毒不侵刀枪不入。若不再不忌讳于刀光剑影，整个世界哪里来的腥风血雨？

宁可披甲行走，是谜，是魅，是无影。当一个人穿梭在万众之中，每每遭遇危难如囊中取物，从容不迫百无禁忌。

生活的趣味与伤痛，自知自觉，自爱自护，心若披甲可淡而处变于不惊，披甲在心不屑于与谁争锋，争亦不乱。

解甲之时，只有在绝对的安全之境。抑或只允一人可得解去系在心上的盔甲，赏心的人结交一知己便足矣。

不怕窥见，不怕暗算，没有人的地方，就没有江湖的纷争。尽管身在江湖而不由己，心边有盔甲，水深火热之中也不惊惧于蹚这一回。

生活，若风声鹤唳，心中就草木皆兵。如果有这么一天，即使四面楚歌，只需披甲在心，定然刀枪不入，何以慌乱？

生命若在，披甲在心，一息尚存，不许锈迹斑斑。

人心设难
——诡谜系列　叁

生活有烦恼，并与生俱来。

恰巧成谜，所不能自破而烦恼，总是在看不透时，人心太刁钻，若不得以圆滑来世故便了无出口，可冥冥之中有谜不解又不敢太过于圆滑来解围，不解之谜自然常来扰心。

或许是，入世越深越见烦恼，而烦恼越徒增，越难能解其谜。直至生命大彻大悟觉醒之后，烦恼便随之渐而散去，那是看破看透却不愿去道破，恰恰相反无端地糊涂了起来。

这时啊，眼及之处皆是流畅从无阻碍，所到之处春暖花开草长莺飞，所退所进亦可见心见佛。

人，总是到了真正的随遇而安，才到达生活臻境，只可惜，那时应也是步入已知天命之年，总是这时才仿佛又回到出世的情怀。

所谓的谜，本来就无尘埃，竟在入世过程惹了一身，惊醒之后拂去尘埃，又回本来。这人世间，本来就没有谜，是人心诡异了生活，而生活索性就扰乱人心。

所有的谜啊，大多都只是因为，贪婪与流连的念念不忘，欲求与不得的耿耿于怀，回头与不在的悔恨交加，皆是沦陷在一度又一度的渊薮里不能自拔，随着无数次的挣扎无一稻草可救，精疲力竭之时已然沉寂。

谜，终生不得解，无从透见，已然暗讽。

不再苦苦地挣扎，就了无伤痛。说到底，迷惑的时候，总是我们自己下了自己的套，不愿真的看到真相现实存在的合理。

世面本浅，想必就是人心太深吧？所不能自持，最纯粹的心，狂虐了世面的简单，瞬间惊扰了无底的纷乱。

自欺欺人的表面上一向毫无破绽，看起来足够圆一切的漏洞，最后的结果也一定是自取其辱。

到底是人心啊，世界之大都不忌于妄想吞噬。有多少人，说不服自己，而不是真的说不服，那是揣着侥幸的心妄加佐助自己对生活的撒野一番，论辩一番，以此方式来讨回自己的赢。

简而概括，自己最理想的生活，当不能给自己安然惬意时，往往渴求能够依靠着外人来奉供生活这一份缺乏的美好。

赢回自己，无非是以想要的生活来支撑起面子上的光彩，唤起迷乱的心灵声音，从此内外体面了生活，不再让灵魂了无出口而禁锢了猛兽一般的挣扎。

当究极进化，谁也赢不了虚幻，毕竟是空洞的谜局。任多高深的设计者，也设计不出重重谜局以后的一个出口，这些通过拐弯抹角几百轮次，迂回曲折几千回合，最后设计者又把自己设计到了围墙里囚禁了起来。

多聪明的人，也难以逃离得了自己为自己设计的内心谜。真正的智者，不枉费心机设谜，而是让人心坦荡自若进退自如地走出纷扰，从不把自己也套入谜局里繁杂起来不自解。

世间所有的难，都是人心作祟的设难；生活所有的苦，都是人心过于在意此前的难。

真正意义上的从容，纵使荆棘丛生前路险阻，已然忘我。无畏于此前种种，只管前行，破釜沉舟，成败得失皆已超然。

有些人，从来没有见过别人的影子，偏偏照着影子去寻觅其中的音容。从此百般效仿，照着影子去描绘。当所有的构思看似跃然于纸上，竟不知终是浅。

你喜欢的，未必是你笔下认为画的栩栩如生的真样子。最后，因为永远画不出骨魂而一生颓靡不振，难以自解。

恰似这篇文字，是人心有意把它写深，变成重重叠叠的谜，这不是谜，而是解。若他人行于文间，思想得以深入浅出，终会得解：

用简单而纯粹的心灵去审视尘世万物，难再成谜；

用自己喜欢的生活方式与自然同行，不会心惑；

用内心世界去善于发现外界合理存在，从何难为？

身在尘世，心在物外。

自己不设难，别人就难以设难，都不是谜，只是人心有所不同。

我说的谜，有两种意思：因谜而谜不可自解，因谜引解竟全然释然。

若极尽，美难全

——诡谜系列　肆

物极必反，否极泰来。

关于欲罢不能的事，人心总是要想方设法极尽地追求，追求两全偏不忍舍弃。总不到最后，也不肯罢休。罢不了，只因心之所念，越念越烈……

放不下，所难以两全。而两全其美的事，有时候太遥远，人心就是不愿意相信遥远，宁可驻守于虚幻的念想，不愿忘记放弃将来有那么一天也会花开月圆遂全心愿。

世人，有些时候不守规矩，而不是不懂规矩，或许是诱惑极深，所以难以自拔。伫立在两全其美的面前太想占有，而有些美好从来不唯独谁人独占与霸凌，美好的东西仅限于美好的心来承载，即使近在眼前唾手可得都不敢去触碰，原来啊，怕惊吓而破碎了这份美好。

美好的向来视为神圣，远远地看，何尝不是一种因为神圣而纯净的美？

若人对美好有爱慕之心，又不能彼此成就或度化，万不可去刻意追求，如此一来对彼此相对欣赏的世界里，一旦过度，将山河破碎，天地呜泣，不复存在，从此，相去甚远，甚而遗恨……

罢不了，也未待罢休之时，身心已然俱惫。这个人生啊，有多少明知不可为而为之，而更多的或许只是为了“两全”。

世间的美好，总是有缺陷的存在。

人间最美的境界，究竟是在什么时候呢？

诗人有诗云："花未全开月未圆，寻花待月思依然。明知花月无情物，若是多情更可怜。"

花一旦全开，马上就要凋谢了；月亮一旦全圆，马上就要缺损了。而未全开，未全圆，仍是人的心中有所期待有所憧憬的过程，虽然看到的事物是不完美的，但是人还是不愿意接受这个现实，一心想找到完美的花月。

虽然知道花月不是像人一样能够感受到情感，不能够由于知道了你的感受就遂之所愿。

而人心总是在花月无情的情况下还自作多情，终究若以极尽，而物极逆转，从此不再。回头放望，青苔冷露，东篱霜冻，人已不是那个曾经的人，物已不再是当初的物，所谓的美好，已经不再美好。

若极尽，难两全，美好破碎。

美好本是谜，谜底太深，不经心去读，凡眼难以解读蕴含的美好。

煎熬不了的心，便狂躁不安，自然极尽去揭开甚至撕裂这份美好的底蕴。任何的美好，所心怡之处，都是若即若离，疏而不远，亲而不近。

极尽的心向来会激进而不能度化，最后亵渎了这份神圣，肆虐着纯净的美好。

有些人，只能远远地看；有些事，最好藏匿于心。有些美好，用尽一生庄重的心贮存起来，每每念想，都是启开陈年的佳酿美酒，只愿嗅闻，不愿品饮，心醉三秋。

纵然，有些美好不可全，缺，未必不是美的灵秀。若不极尽，如心间盛开着生命的花朵，苍翠欲滴，内含灵秀，无论岁月更替饱经风霜而从不败谢亦不会凋零……

谜，不用全解，底，不究极尽，美好常在，只因朦胧而神秘，便是成全内外的美好。不全，才是最全；不圆，才是大满。

忘不了，因距离一直映衬着端庄的美。

若极尽，美难全，一眼怎会万年长存？

岁月荒芜，过之无痕，多年以后依然如初见，但为君故，沉吟至今。

如此，方能美美共永。

足够分量，从不张狂

——诡谜系列　伍

与这个世界对话，难在没有说话的分量。

圈子内外，说与不说之间是否会在他人之处翻滚起层层波澜起伏万千，唯有自知。

最好的存在是，不说，胜似千言与万语；无声，恰如声声入心入魂，这样的分量于世间弥足珍贵。

欺人，敌不过欺心的可怕。

欲盖弥彰的作为，往往因为内心的彷徨导致措手不及来掩饰。有多么重要，由不得自我的标榜分量，也从不是自我言语的表达，越不自然越是扭曲，久了，扭曲也成了自然。

这个人世间，若当自己认为很重要时，事实上在别人看来太肤浅。重要的人往往需要与真正重要的人来推心置腹，前提在于：彼此之间都重要，彼此之间分量相当。

这时，恍如一盏品到无色无味的茶与懂得的人，久久的不舍得敛裾离去……

真正有分量的人，从来都觉得自身卑微，从不张狂入世。纵然，拥有万千资本也视若人世微尘一粒，这种低调无时不闪烁着智慧的大美。

狂妄的人向来张狂，当然不知所以，又怎会知晓这样的“卑微”竟能如此高贵，与世共存？不是卑微造就了人的高度，而是因为高贵反而谦卑了起来。

分量所在，往往看不到自己的优点，从来都会在优点上去超越优点，生活中无时不是在企及着高山一样巍峨的高度。这时，自己完全不知自己的高度，一如既往继续潜行在岁月的深处修行，虽孤独而不苦亦不问世。

在某一天，成了别人不可破解的谜。在世间高贵而不觉得高贵的存在。最后，仍与众生平等，谦恭温和。

足够的分量，谦卑行世，德高望重。

谦虚，乃人生最大的资本。它的魅力含量极高，面临世间无常仍笑而不语痛而不言。

不需较量，不问分量，以自己喜欢的方式与自然同在，宠辱不惊地活着，如此心境已然重要。心身以外的混浊，难以蚀化得了他的一世清静。

谁也阻碍不了他思想的进行。也只因为，自己本身不是自己的谜，因此，于人于己从无猜忌，坦荡自若，与世安然。

人与人之间，不必窥究谁的分量。真正的分量与资本，但见一言不发，眉宇安详，气象万千；若与之对话，三言两语，每每中矢，刻骨铭心。

所到之处，用自己足够的内涵来透见，谜不解而破。说到底，足够的分量就是厚重的内涵，不轻易就能破了世间的诡谜，而自己也就成了别人的谜。

开悟之人，向来生命觉醒，自得悠然惬意。

通常，谜之有二：其一，谜所不破，犹万丈深渊，昏昏沉沉，诸谜皆无底；其二，谜之不攻自破，若一泓清泉，一眼见净，心无谜亦无惑众生。

前者，向来着重于存在感而向外求助破解，而内心从不予以致力破局；后者，因分量的存在更多致力于自破自渡，从不望眼欲穿依靠众生的锦囊妙计。

人间世事，千端万变。偌大的世界上心与身没有距离，就无须反复苦苦地寻找着自己那一丝丝少得不能再少的存在感，那是自设的诘难。因此，有分量从来不用虚张声势，自然天成，不用雕饰，活灵活现。

人生最重要的在于自己破谜与解惑，而决定人生命运的关键是自省与自渡。谁也无法用一辈子的纡尊降贵换来高贵；谁也无法用炫耀张狂来体现存在分量而得来众生拥趸。

足够的分量，进退自若，超然物外。

自觉自知，不虚妄张狂于世，总能感觉到内心那一股静定的热量在涌动着生命的磅礴，分量也有增无减与岁月且歌且诗的同行，从无悲凉……

心不沦陷，不成谜迷

——诡谜系列　陆

生活的繁华一旦落尽，心将归返到清静之处。由此，推动一场悄然无声的私人化盛大进行，在寂静之中且看如何巧妙支配着内心所需。若不堕落于热闹与虚荣之中，应该是醒悟于人世，了然于取舍。

身心不沦陷于虚荣的尘世之间扑腾，精神世界就不沉降于扑朔迷离里狂乱。

一个独醒于世的行人与一个混沌在世的路人，最大的区别大概就是，独醒于世的行人走在朝圣的路上，从不因岔道而左右也不因阻碍而言败；混沌过路的人习惯循着他人的足迹，了无主张畏前惧后地闯荡。

说到底，人世间分为“醒活”与“死活”的两种生存状态，带着灵魂与肉体并具有思想的人是人的基本活法。不遵循基本的活法，几乎都是一躯空壳的肉体在漫无目的地游荡。

不被善好的生活，哪里是生来就困苦一生，分明是人心无所向而自我迷乱来扰人神志，妄断了青云之志愿意受缚于池中物罢了。

究极觉醒，通常啊，都是人心执着于物，惑乱于谜所撇清不了的悔恨。

当然了，平凡人有平凡人的高贵，只是与真正愿意苟活在市井的人的不同之处：虽平凡，内心有一片天空，灵魂无时不在高空展翅翱翔；内心有一盏明灯，精神灯芯不被生活在底层颠沛流离而扑灭。

平凡的世界，有一束光，柔和不刺眼，光线不闪烁，格外清亮而笃定，可以穿透漫天的风霜，刺破千里苍穹，抵达人间的天堂。

心不沦陷，灯火不灭，摇扬葳蕤，与世推移；心中有光，不成谜迷，阳光匝地，天地俱净。

生来，任重而道远。当一道屏障横空而来，更多的是人心自设的诘难，被迫于落荒而逃而逃不出的谜局。屏障，成了一生的谜，一生难以去解读。

所有的谜局，若不能自解，怎能破釜沉舟地怒放起生命的绚丽？

有些花开，需要等待一场春雨，可恰好这场春雨偏偏姗姗来迟。世间的美好啊，往往在无数次的等待里翘首以盼，然而望眼欲穿等不到春雨细润，那颗经不起苦苦煎熬的心已然枯干早已凋残。

抑或总是到若干年以后，相逢一个可以化解谜局的人，从此内心的一道屏障缓缓打开，阳光直射心谜，如锈一一脱落。

千回百转以后，蓦然回首，青春不再，花若能开，枝柯难盛；细数光阴点滴，那时的谜迷，事实上就是心在沦陷。终于发现，有些等待，结果只是一片沉寂，久久没有回响；谁的谜迷，不是到了最后，谁来解结呢？

生活的谜迷，尽管待得人来解，那时再许一场生命的花期，恐怕早已错过，从此不在。

一个从来不知道要怎么去生活的人，或是从来没有过生活方向的人，不会懂得这一辈子究竟怎样生活才是理想的活法。

人之所以累，罪在误以为人生总是太匆匆，那些苦短的芳华不容刹那间就过分凋零，大概总是恐慌无人嗅闻吧。因而心在颠沛流离里生根烂本不能破土而出，便折损风骨的凛然气势，从此生命不见芳华，难沐春光。通常，纠葛在千头万绪的谜底里不能自破，妄以他人雪中送炭千里奔赴来解谜。

越是迷乱，越发失陷。谜底，总是在设谜人那里有答案。自己的谜不允许迷乱，心中有底便不用外解，只因心中灯火不熄。

拥有品性美的人，所能自持品性上的通透与明净，不会沦陷在身心以外的谜。无论顺逆得失或成败荣辱，不迷失方向，对生命绝对地负责与敬畏。

深守于底，了然于胸；俱往于简，心不沦陷。

此等活法，终不会堕落于迷离里侵蚀腐化品质的根本。

凡人行世，灯火不灭，不成谜迷。

离别与诡谜

——诡谜系列　柒

生死离别，忽而觉近，渐而背离而去；一去经年，忽而觉远，渐而别离已久。

总是在相见共处的日子里，因为相近，不诉离殇，往往总是即将离别渐而徒然伤怀。然而，一旦有爱，就有悲伤，爱本无辜，竟殃及了情深之人。

心性之美，生来皆有。谁人，不曾有爱呢？只是被伤得多了，于是心生了质疑，质疑着人世间是否仍有纯净存在？拥有不了的爱，而变成怀疑爱的质量，爱便在旦夕之间变成了恨。

世间万般的好，是人把人分成了好与坏两类。事实上都是人的一生际遇对世间有了不同的看法罢了。

相遇相知而不可相近。罪魁祸首的是情深到了极处，便在内心忽然藏匿了一支箫，总是不自觉间控制不住又暗自吹起无尽的忧伤，那是散不去的悲情，因此一直缭绕在心间。

人啊，不会一直愿意向往与悲凉寒冻共度余生。唯有，情到了深处，宁可悲痛而不愿相信一直悲鸣下去。然而，有情人未必终成眷属，最爱的往往在千里之外的远方，只能遥想而不可触及。

最远的距离永远不是在天边，是近在咫尺却不可亲近。可恨在明知不可触及偏偏眼前映衬着水中花月恰似思念的音容，久久地仿佛于真境。那回眸一笑，很美很美，只可惜那只是一袭影子啊，那只是一池谜团啊……

情深未必换来意重，想念未必听见回响。

红尘阡陌，离别以后，仿佛是孤独披上袈裟，在夜深人静时走在深深的幽谷间独自敲起木鱼声声，意在传吟梵音到远方的海角苍穹。

哦，不是，那是爱的咒语，让人成了夜的孤独。哦，也不是，应该是孤魂，此时因为离别所魂不守舍吧……

恐慌的不是纯粹的离别，应该是最深情的心，遇上了最涣散的魂。漫无目的与死守一处的相对，越走越远，然后成了谜，结果竟傻尽了人，难为了情，了不了，难以了去。

离别，既定的殇别。虽殇，而不会萎缩心中的爱仍重生。人，终究要走过层层的云屏烟障，取舍之间总在这一念之间便柳暗花明，天地清朗。

有时候，悄无声息地就进入了一个蓄谋已久的谜局，入了局便也不自知地迷上了局，抑或是看透却不愿意去道破，不敢去怀疑自己的智慧与辨识，因此，宁愿迷上了诡，也不想自我嘲讽否决了一向的自信。

迷上了这一局的诡，注定了离别与悲伤。

有些悲伤，万般的不值得。也难怪人啊，因有慈爱而厚重了情感，只是有些时候善良被邪恶所绑架，还痴心不改地愿意束手就擒，依偎在了自己认为善好而永恒的温柔怀抱里甜甜睡去。

一觉醒来，那人或许半夜时分已然离别。一切，将杳无音信，成了诡谜。

然后，痴痴等待转化成了心的颠沛流离而不知所终。找不着苦苦相思的人，也找不见美美共永的爱。

任何离别，虽心有悲伤，但转念一想，何尝不是新的一季春暖花开的到来？不用千呼与万唤，走过一回究极觉醒的疼痛就见真境。

这一辈子的善好，终究是无数次的离别成全了仅仅一次的安好。因此，世间所有离别的殇情与悲凉，让人的心智日渐丰盈，考验了情感与情感相对的矢志不渝。

爱的至高境界，未必苦苦相守，有些归属，命中不能注定，而生活不必痴迷在总有那么一天。真到了那么一天，你永远不会懂，那人早已经因环境形势而改变了模样。

不再是谁的谁，只是一躯孤魂与岁月幽怨着，疯癫着，肆虐着……不入得这具魂的心，狠狠地就甩尽了世间曾经的情深。从此以后，薄情的人便无情了这个世界，世界报以薄情是以往难以安宁的活法——仇恨。

离别，既定的离别，虽殇，而从不质疑过人生仍然有暖光乍现，多寒冷的世界都难以冰封灵魂的朗朗奔逸。

人与人之间，走到了最后，无论种种过往，不相关的人，终究不是一个世界的人。而相关的人，一旦亲近，心中暖意流转。

赏心的花朵，一株便足矣，多了，易凋残。

人心相隔，远近相宜

——诡谜系列　捌

遥看远处烟雾缭绕山脉逶迤是风光无限气象万千；近看人生花开花落福祸难料是风来雨去反复无常。

无论远近，事实上都是人生的自然现象。

远有远的朦胧意境，近有近的真切感受。远处是静，近处是动，静的是远不能及，难以抵达之处以为都是草长莺飞春光无限美；近的是唾手可得，太轻易就能拥揽，大抵已如哀鸿未必是好。

所有的诡谜，从来不在远方，只是藏在近处。说到底，隐隐地藏在人心里潜伏在或明或暗或深或浅之间，蓄意已久的复杂心性一旦揭开以后都经不起众生审视穿透便逃之夭夭。从此往后，这个人便因为诡谜不纯而永远不再见过踪迹。

人，总是因为走得太近，而被无所不知。当，只不过如此而已时，又重回近而反远，知而不近。那是考验与考验之间的衡量，计量出朝夕之间相处的寿命天数，计算出真心相付应有的深浅尺度。

一颗惯以窥探人世的诡谜之心，总是要走过重重叠叠千回百转的路程，即使能入木三分地全然透见，也未必懂得自己的心有多深的诡谲。

别人戴着面纱穿梭左右，自己未必不被面纱而蒙蔽了发现的眼睛。人心，总试图着读懂人心。读得懂别人的心，未必能读得懂自己的心。

简单的人，从不复杂化地进行着生活，胸无宿物坦坦荡荡，心灵世界里没有森严戒备的防线，四合院墙里但可院门大开让人进出自若毫无顾忌。

与人相对，远近相宜，化繁为简。简单与简单相同行，从不与复杂混沌的心性相融。因此，大概人心与人心的相交相换，交换的唯一方式也是诚与诚的纯度兑付吧。

有些人虽很近，却又时常把他推放到远处去观赏，无论岁月如何更替也荒芜不了这份江山依然秀丽的大美；有些人虽很远，冥冥之中可以走近，但却不敢走得太近，只是因为人心相隔，即使相近以后未必不是因近极而反远。

人心本相隔，只有简单与简单能一眼相见便清澈而深欢。恰似一泓清泉细浪潆洄，那不正是心灵与心灵推波及宽漾泛菱荇吗?

远近相宜。

彼此用一颗欣赏不绝的心来仰望另一颗心，就不会因为太近反而有了近的灾难，也不会因为太远反而成了远的疏离。

最好的在近处，最险的也在近处。似乎有些矛盾，也难怪近总在危岌之间，那么，远处总在山高水远，不太相关。远近本不矛盾，是人心把明朗拉近，将迷离推远。

人们似乎总是将远方视为一座梦寐以求的诗意世界，认为那里或许有心中的琼楼玉宇人间天堂。只是，多么美好的梦境不到梦醒时分都是梦幻人生。

只有醒来的时候，看见近处的真实，瞬间撕裂了那份美好；只有睡去时分，梦见远方，方觉不负时光。

人，总是要醒来。

有些人，从千里以外日夜奔赴而来携带上了满满的诗意，而恰恰相反，近处的生活难以把远处的诗意双双相栖在一处远近都相宜的境地里共永。

像极了有些人宁可他一直在远方，不去走近。远远眺望，多少年来也散不去的朦胧美。远方，没有悲凉吗？

不是真的没有。

如同有些人一辈子脸上一直挂着微笑，不是真的没有悲伤，只是悲伤纵然万番折腾也亲近不了脸上的笑意。

最美的地方，难道都是远方的千峰竞秀或云深雾凇的烂漫之处吗？

哦，不是。

最真实的近处温暖通常就隐藏在柴米油盐里那日复一日的炊烟袅袅之中，闭上眼睛就能闻到近处山岚飘来的芬芳，虽意境悠远而今就在眼前。

远方啊，诡谜的缭绕，要拨开多少层的云雾，当除去巫山以后或许那片云瞬间会黯然失色。看不到，未必都是诗意；摸不着，未必都是尤物。

近处人生，活在当下；人心相隔，遥隔云端。远近相宜，最为恰好。

得不到的未必遗憾，看得见的未必真实。生活，看起来包罗万象，一言以蔽之，怎样的状态下活得真实就以怎样的姿态去接受。

自然的状态，走到了深处也知道在近处；到了近处，亦是不忘远处的美好。

有些人心，不必了解太深，太深了会心寒。远近相宜，彼此相安，不必懂太多，方能与岁月共好。

近处人生，远处诗意，远近皆宜，优雅不止。

生死重梦

——生与死的思考

壹【梦见死亡】

沙漠之鹰苍穹盘旋，时而沉落时而高飞，颤颤巍巍之后在几声低沉哀鸣中径直落到不远处的沙尘之上，只见稍微梳理舔舐羽毛抖抖身子便消失在茫茫沙漠之中。我，不是那一只鹰在搏击长空，我是走过沙漠迷城的人，只见一片无边无际，周围渺无人烟，没有绿洲更没有方向。我，不知道明天以后，我是否还能活着走下去。忽然间，回想那一只消失在天际的鹰，也不知道这只鹰究竟去了哪里，不知道是生还是死？眼前，整片沙漠。只要看到生存的都是神。我，虽说还能奄奄一息地行走，我却不是神。隐约之中，是死神来访，即将劫去我的命数，即将把生命葬送在这片沙漠迷城里。即将饥渴而死去，竟不知道此处的沙漠为何名称，至少我需要知晓将葬身在哪里，但我永远不知道下一步是否就要倒下，从此站不起来，顿然间心生悲凉。此处，究竟是哪里？我不知道这个地名，正如我不知道还能往下走几步就停止了呼吸。死亡，并没有带来恐惧，恐惧的竟是不知道，这个地名到底叫什么？悲凉，不是不懂得沙漠名称，悲凉的是怎么就走到了这一片无际沙漠里？凄惨，不是我怎么来到了这片沙漠，而是这一片沙漠为什么会是宿命？我不恐惧，但是悲凉与凄惨让我面对种种问题而不能瞑目。带着解不开的诡谜与难题，久久的冥思苦想而不愿意葬身在不明不白里结束了生命。劫数已难逃，在进退两难之间，我索性盘坐在沙漠上，任凭风沙肆无忌惮地呼啸狂舞。这时，无畏于功名利禄恩怨情仇，能明白地死去就是最高的荣誉。只求，死在明白之处。其次，让世人能证实死去不是被祸害也不是犯下了不可饶恕的罪行，是自然的灭顶之灾就是最好的解释。无论，安详或狼狈地死去，都无人知晓。不在乎面子上的表情，也无所谓死去那时有泪流或是仍含笑。别人，看不到赤裸裸离开的样子，也无畏惧于那份最真实的死亡。倘若，我们置身于野外，遭受了不被人所知的灾祸。我不知道，这个人间有多少人因为一个人成了谜而能用一生去破解这一场谜局？假如，我们丧生于非命，突然间在猝不及防里逝去。我不知道，这个人间有多少事因为一个人的存在而足以给后人缅怀的一个理由？我，究竟给世间留下了什么？爱或恨？恩或怨？风沙，还是风沙，这一片沙漠到底埋葬了多少蒙昧的枯骨与怨念的鬼魂。而我本是尘土，归去来兮都是宿命。我，不愿做怨念的鬼魂，也不愿是一堆不明不白的枯骨。我只愿化为干净的尘土可以随风飘扬与之同行，哪里停留就栖息在哪里安静地落魄。纵然，我的尸骨无迹可寻，至少不做孤魂野鬼一般的死后仍留下对世人惊悚的祸世威胁。我，此时生命里强烈地渴望活着。活着，才是对生命最根本的礼待；活着才是对生命最基本的庄重。无论身处于怎样的环境形式，不管面临着多大的困苦与磨难。活着，是生命一息尚存发自内心的最真实的呼唤；是生命不论处于何种状态中最纯粹的渴望。我，仍然闭上眼睛盘坐在沙漠风暴里，感应着生命此时的分分秒秒，呼吸着大自然里此时的状态，在苦难深重里静静地等候着死去。此时，恐怕处在绿洲里温暖的存活着的众多生命所理解不了困在沙漠里的生命即将死去时的那一份悲恸的感觉，也或许仍然有很多众生在温暖安好的大怀抱里不知足且浑浑噩噩地活着。大概只有身处在绝境时，最是渴望活着，也大概，人活着不会体会即将死去时的感觉。人生，有多少人身在福中还自我狂虐着生命？我不知道。

贰《生死刹那》

恍然间，我进入了第二重梦。鹰，并没有死，而是重生。这是何其的玄乎？梦里以为，它与我一样也葬身在这片沙漠永远告别这个世界，但也与我一样不知将葬身在哪里，此时一样在面对死亡时的千般感想与万端思绪。鹰，只是老了，老了又逢遇着重生，而我是面临着死亡劫数难逃，是难以走下去的。

那么，关于人类的死亡，是不是也像鹰一样可以重生？而人类，面对死亡时，究竟怎样才能够绝地反击起死回生？

且看，鹰究竟怎样才能重生？

鹰是世界上寿命最长的鸟类，它的寿命最高可达 70 岁。要活那么长的寿命，它在 40 岁时必须做出困难却最重要的决定。此时，它的喙变得又长又弯，几乎碰到胸脯；它的爪子开始老化，无法有效地捕捉猎物；它的羽毛长得又浓又厚，翅膀变得十分沉重，使得飞翔十分吃力。

此时的鹰只有两种选择：要么等死，要么经过一个十分痛苦的更新过程——150 天漫长的蜕变。

它必须很努力地飞到山顶，在悬崖上筑巢，并停留在那里，不得飞翔。鹰，首先用它的喙击打岩石，直到其完全脱落，然后静静地等待新的喙长出来。鹰，会用新长出的喙把爪子上老化的趾甲一根一根拔掉，鲜血一滴滴洒落。当新的趾甲长出来后，鹰便用新的喙把身上的羽毛一根一根拔掉。

5 个月以后，新的羽毛长出来了，鹰重新开始飞翔，又拥有了新的生命，并使自己的寿龄延长了30年。

鹰，便由此获得了重生。

梦的开端，我看到的是鹰飞落沙漠，奄奄一息的扑腾。就在这一刹那，我即将微闭双眼窒息时，看到了鹰又一次在苍穹上展翅飞翔。

我，倒下了。

带着迷惑与不甘，带着眷恋与悲伤，还有对人间以及亲人好友那一份深深的歉疚。我，就是没有在人间留下足够的美好，是弥补不了的遗憾。

愿人间，不因我生存时的行为不足够好而对我死后鄙夷；愿亲人，不因我生存时的孝道不足够好而留下千古的诟病；愿亲友，不因我生存时不足够好而蒙受不必要的罪。

在生命的存在过程里，不因我个体行为而生有世间的大悲疾苦；

在活着的几十个春秋里，不因我的喜怒哀乐而给谁人造成伤害；

在幸得苍天赋予有生之年，不因我的存在而造成先祖与后人留下蒙羞耻辱。

我，告别了生命。所有的耻辱与荣耀，暗淡与辉煌，得失与福祸，就此别过。

生命，画上了句号。所处境地与死的方式不同罢了，终究从这片土地里来，回到这片土地里去。

从此，再也不见尘世内外的一切陌生或是熟悉的人与物……

叁《起死回生》

我，还没有死去。对的，生命仍存呼吸尚在，我躺在天地之间的大怀抱里，吸吮着天地赋予的自然的氧气与空气。

我猛地睁开眼睛，我躺在一片鸟语花香松湖烟雨里，抬头看到苍翠欲滴的树叶，蔚蓝的天空上几朵飘逸的白云，耳边一处清泉溪流在流淌像在喃喃细语些什么。

此时，我听到万物如歌在轻轻细语，也看到万物悠悠生长。此时，生命的血脉在涌动，生命的感知在触觉，生命的力量在呼唤……

我，死而复生，全赖于这一只重生的雄鹰。

在我闭上眼睛的那一刹那间，这只雄鹰将我衔到了这一片绿洲，让我的灵魂在山水间的大自然又一次复苏，让我的身体在山水间的大环境又一次绽放。

我，又重生。哦，不是重生，应该是置于死地里逃过劫难里生还。

劫后余生，生命继续，是更为炽热生命的存在。

我，备受了生与死的极致考验，命悬在一线之间，我，即将死去时，倏然之间发现了自己不足够好而心生祈愿，以及品读到活着才是生命最大的荣誉，还有对人间疾苦的善发善感。

可是，我就是不明白我为什么走到了沙漠？也进入了迷城？

或者是，我的精神当时是走在了沙漠，灵魂也被放逐进了自设的迷城；抑或是，生命要面临着一次濒临危机死亡时所对世间的一次最真实透彻的解读。除此以外，应该是用死亡与活着对较一次彼此之间在际遇里产生的状态与感想来觉悟死亡与活着的意义。

在这岁月如歌里，有多少鲜活的生命却已如死去？而又有多少死去的人如同还活着？

在这大好山河里，多少人身在云水之间却犹如穿过渺无人烟的沙漠？而又有多少人处在生活底层却心系在苍穹的高处？

是梦，我在沙漠里，走过了生死，之后有了轮回，然后，劫后余生。如果，没有这一只鹰的恩宠，恐怕我早已命丧荒芜的沙漠。

这只鹰，或许是我们生命里最大的福报。因为，在我们的心间，哺育着一只隐形的鹰，平常不狂不躁卧态如睡，但每每翱翔只见雄姿英发搏击长空，救人于危难劫数时的水火之中。

是梦，梦一回生死，赴一场至高觉悟的盛大修行。

心有旋鹰，不落有相；生死转念，灵魂涅槃；敏观世，足以重生。

墙上的记忆

太阳初露，山色尚朦胧。家家户户养的鸡也在声声鸣啼，小学的高树上的喇叭也奏响歌谣，这时的猪牛鸡鸭等六畜也在用它们的语言来欢快地迎接新的一天。

山村的早晨在每一家屋顶的烟囱上都在冒着烧柴火的阵阵青烟，缭绕着整个山村，村民们都格外忙碌。忙碌着劈柴煮玉米粥供家里人填饱肚子，小孩子该上学的上学，大人们煮猪潲喂猪也做好鸡鸭饲料喂好鸡鸭以后，就牵着牛开始下地耕作。

山村的早晨，平日里起床后就见到我母亲在忙碌这些活儿，伺候好我与弟弟的肚子与穿着，喂养好六畜，也同样下地干活去了。我父亲这时也是匆匆吃两碗热玉米粥后就走近四十分钟的路去上班了。

大概八岁恰好我读二年级。那一天，与往常情景一样，不同之处就是放了暑假，不用上学，我好生欢喜。一大早就起床，琢磨着与村里伙伴们上山去斗蜗牛壳，两只蜗牛的壳面旋转尖相对相压，哪只壳面不够厚被压凹就输，要赢的话，几个伙伴就要翻开小石块寻找老的那一只壳体够崭新够厚实才能有赢的机会，这个游戏大概便是小时候重要的游戏之中的一项。

自小，农村的孩子像放养一样，随你上山也好游水也罢都没有大人管束，只是到了吃晚饭时见人回来吃饭就行。农村的孩子们，当时都没有午饭，午饭就是锅里早上煮的粥，肚子饿了自己盛着吃，只是到了晚饭才有一餐米饭吃。

这一天的傍晚，我最是刻骨铭心。因为，我从来没被父亲打过，这一天我第一次见到父亲最为严厉最为愤怒的时刻，直至今天，我依然记得父亲脸上青筋暴起大声呵斥咬牙切齿的样子。

那天早上，我起床后，家里都没人了，我光着膀子赤着脚噔噔噔地到柴房里吃了两大碗玉米粥与母亲埋在火灶柴灰里的一个地瓜，回到房间里准备穿上衣服出去斗蜗牛。

忽然，回头看见床边铁桶里养着三条鲮角鱼，我如获至宝。今天，又恰好是三天一次的赶圩日，虽说步行要四十分钟，那圩日无比热闹。能去赶圩一次就像是去了繁华的大都市一般，很多稀里古怪的东西都没见过，处处觉得新奇。

那时候，馋，成为童年最大的嗜好。我当时想着，能吃上一碗五毛钱的烧鸭粉那是多奢侈的一件事啊！何况，想想那让人垂涎三尺的烧鸭粉加上一点点葱花，那香味可以让人回味多少天啊，若是能吃上一碗是何其的幸福？

我匆匆拎上铁桶，实际上就是偷鱼去卖，邀上我堂哥就迫不及待地拎到圩上，两人就蹲在卖鱼摊旁边等人买鱼换钱。说白了，我换钱就是为了吃上一碗烧鸭粉。

不一会儿，一个路过的阿叔，伸手进桶里翻看了一下，问多少钱？我说，那你出多少钱？他说，三块吧，这个就一斤多一点点，旁边鱼摊也都这样卖的。我说，三块五吧，我也不知道有多少斤，你要就拿走。

阿叔人也挺爽快，立即递了三块五毛钱给我。钱拿在手上，那时可想多快乐。我急忙拿了空桶与堂哥直奔当时圩上唯一的一家烧鸭粉店。

我记得，两人一共吃了四碗。当时，五毛钱一碗烧鸭粉，说真的还挺贵，为了一饱口福也顾不上什么了，两块钱就两块钱，先大吃一顿。

我与堂哥一人两大碗，那时的碗口真的很大，分量十足。

狼吞虎咽，风卷残云，饱嗝响起，相当幸福。那时，我认为没有什么比吃上烧鸭粉更值得去追求与享受的了。

提着空桶，慢慢打闹摇摆着回家，已快近傍晚。回到家后，我提心吊胆，将这个空桶放回原位。想想，不行，要加上一点水和早上的一样多，千万别露出破绽来。

烧鸭粉是吃了，但我做贼心虚，因此心里恐慌。我在想父亲回来不见鱼了怎么办呢？怀着忐忑不安的心，我溜去稻田边玩了一会儿。天色渐晚，在农田干活的人们也陆续回家了，赶圩的人们也都在路上匆匆地步行着往家里赶，从村口望去那一路上有的挑着扁担，有的牵着牛回家，路上的行人也慢慢稀少，越是如此，我越发按捺不住内心的慌乱。

我还是耷拉着脑袋回家了，肚子也饿了。这两碗米粉下肚可是花了一块钱，咋就这么快肚子又咕咕叫了呢？

推开沉沉的木门，像那时，我所掩饰不了内心那沉重的心情一样。

我向厨房里嚷着妈，我回来了，今晚吃什么菜啊？

净会吃，今天吃炒番薯叶。

怎么又是番薯叶啊，都吃了十天了。

有番薯叶吃，你还嫌弃啊。

哦……我怏怏应道。家里平常吃的都是母亲自种的青菜，小时候几乎一个月才会有一次猪肉吃，也难怪，当时父亲工资也就二三十元一个月，也只有发工资那天是日子最好过的一天，那天父亲一定会拎着一斤猪肉回来一家人吃。

门又推开了，父亲回来了。当时，我装着若无其事的样子。

父亲过来摸摸我的头笑笑问，哥（我是长子，家里还有一小弟，农村一般管长子叫哥），今天去哪儿玩了？我特别想见到今晚父亲一直保持这样的笑容啊。

孩子他妈，房间桶里有几条鱼，去拿来煮给儿子们吃。

哦，好。母亲欣快地应着。大概，母亲也不晓得父亲昨晚去河边守着网鱼去了。

我昨晚拿着竹篓去守了大半夜，现在夏季常发大水，鱼可肥了。父亲侧头向母亲传话，语气里带着战绩不菲的自豪。

父亲一回到家从来都是来不及休息就帮助母亲喂猪潲。这时，母亲径直地往房间走去拿鱼来杀。我站在堂屋的一旁，心里想：完了，完了，这一回，不知道怎么办才好？额头的汗珠此时在滴答往下流。

桶里，哪有鱼啊？母亲在房间问。

什么？父亲似乎听不见。

房间桶里，没有鱼！母亲高声朝父亲在弄猪潲的方向大声说道。

你看清楚了没？瞎了，就是在桶里。父亲三步并作两步地走到房间，嘴上在责怪母亲太愚钝，太粗心。

我听到父母的对话，心里既紧张又害怕……

只听见，水桶咣当一声倒了。这时，我意识到了父亲已经知道了什么。

哥，你过来。父亲大声叫我，语气与平常不同，异常大声、急促……

我的小心脏扑通在跳，就要跳出来了。父亲质问我，鱼呢？我说，爸，我不知道啊，是不是鱼跳出来，跑了啊？

你还敢说谎？说，鱼哪里去了？

爸，我真的不知道啊！我反而也装着委屈大声回应。

父亲用力抓住我的胳膊，另一只手掏到我口袋里，翻出了吃完烧鸭粉以后仅剩的一块五毛钱。

刹那间，空气似乎全部凝固在一起。父母亲这时候已全部明白了……

你是不是偷鱼去卖了？对不对？你，你这个逆子……看我怎么收拾你……

这一刻，就是我见到父亲气都快喘不过来，转眼就骤然怒火冲天青筋暴起咬牙切齿地在边抽出皮带边要狠狠抽打我的那副样子……

皮带，非常迅速地就抽离了腰间，父亲怒不可遏，就要狠狠地抽了下来，我吓得侧着半身。父亲要狠狠地打骂我……

关键时刻，母亲迅速用手臂把我抱在怀里，侧身挡住了那高举在半空的皮带，号哭了起来。皮带，并没有落到我身上，也没有落到母亲身上，而是就在打下来时，父亲停下了抽打，将皮带狠狠地甩向墙壁上……

那一瞬间的记忆，我常常回想，至今也还清晰记得。

父母亲的婚姻太简单，泥土房盖上几层稻草，一个灶台，一张木床，一顶蚊帐，一两亩田地，两个人没有什么誓约与嫁妆，没有钱财也不懂什么叫浪漫，也不知生活下去的着落，更不用谈未来与梦想。

在饱经风霜忍受苦难间双躯依偎取暖仍与岁月共老，过着穷困潦倒的生活，终日粗茶淡饭，食不果腹，却不曾有过半句怨言。因为血脉里流淌着传统的美德，传承着上一代祖辈的朴实与节俭，将责任默许在彼此的心魂里，将最深的爱延续了下来。而如今，这一代又一代，恐怕像这样忠贞的爱情早已匿迹遁形。

这么多年来，母亲始终都没有因为白发的奶奶送走了被疾病夺走性命的父亲这一无常的打击而一蹶不振。那一年，尚还年轻的母亲更没有过一点点的悔意，我至今仍想象不到，母亲到底需要多强大的意志力来忍受生活异乎寻常的刁难与旁人飞短流长的言语。

我知道，人间真正的爱，是没有形式的浪漫，都在生命里入骨入魂地绵延着不息的深情，共守着敢与岁月无常里的执着并进行着灵魂的追随。纵然，隔空离世也不会有一丝丝的妨碍。

父亲，虽已入土安息多年，但我知道父亲那天愤怒地高举着的皮带瞬间若是真的鞭打，也一定是在鞭打着他的心，即使鞭打到了母亲身上也一样疼在父亲的身上。

他们这一辈子，见证了几十年的时代变迁，体验了人间的冷暖与贫富的真实差距，然而在那个年代历经过无情的岁月与悲苦的生活，一路走来仍不改初衷朴实纯粹的爱，才是真正神圣且不可亵渎的爱。

我偷了鱼，因此吃了两大碗的烧鸭粉。如果此时我能换来父亲的百次鞭打，我亦愿意。

偶尔还会回老家，那间烧鸭粉店依然还在，只是已然不是那时的样子。我还是一如既往去这家店吃烧鸭粉，可怎么吃，都已经不再是原来的那个味道……

当，人已不复存在，仅挂在墙上，哪里还会有怒斥与鞭打，只有一张轻得不能再轻的相片。

可，这墙上的记忆，太过于沉重，沉重得让我宁可以百鞭抽打乃至舍弃生命来挽回……